大雁飞过

伯言 仲言 著

天津出版传媒集团
百花文艺出版社

图书在版编目（CIP）数据

大雁飞过 / 伯言，仲言著．-- 天津：百花文艺出版社，2019.12

ISBN 978-7-5306-7808-4

Ⅰ．①大… Ⅱ．①伯… ②仲… Ⅲ．①诗集 – 中国 – 当代 Ⅳ．① I227

中国版本图书馆 CIP 数据核字 (2019) 第 265015 号

大雁飞过

DAYANFEIGUO

伯言　仲言　著

责任编辑：王　欣　于静筠　　**装帧设计**：崔　蕾

出版发行：百花文艺出版社

地址：天津市和平区西康路 35 号　**邮编**：300051

电话传真：+86-22-23332651（发行部）

+86-22-23332656（总编室）

+86-22-23332478（邮购部）

主页：http://www.baihuawenyi.com

印刷：北京亚吉飞数码科技有限公司

开本：787 × 1092 毫米　1/16

字数：150 千字

印张：13.25

版次：2020 年 3 月第 1 版

印次：2020 年 3 月第 1 次印刷

定价：43.00 元

如有印装质量问题，请与北京亚吉飞数码科技有限公司联系调换

地址：北京市昌平区回龙观镇黄平路 19 号院 2 层 205

电话：（010）82951011

邮编：102200

序言

生命的浪花

我和弟弟出生在20世纪50年代，年龄相差两三岁。一起生活，一并玩耍，一块儿成长。共同的时代背景造就了近似的成长经历。先后上学、停课、复课、下乡（我们是返乡），这是我们这一代绝大部分人的生命轨迹。

由于在农村均表现不俗，先后担任过村队干部。几年后，又先后参加工作，学业是工作后相继完成的。

可能是经历相同，亦可能是性格使然，我们兄弟俩从小都喜欢唐诗宋词。记得小时候，每到夏天的夜晚，明月晴空，和风习习，在院子里铺上凉席，兄弟姐妹躺在凉席上一起玩耍。玩得最多的是数天上的星星和背自己会的诗词。那时候，天是幽蓝的，星星是闪亮闪亮的。满天星斗，点缀星空，银河横亘，清晰如画。哪个是牛郎星？哪个是织女星？哪几个是北斗星？哪个又是北极星，看谁指得对，看谁数得多。我们兄弟俩最爱玩的是背诗词。你一句，我一句；你一首，我一首，乐此不倦。至今犹记当时我们最喜欢背的是辛弃疾的《西江月·夜行黄沙道中》："明月别枝惊鹊，清风半夜鸣蝉，稻花香里说丰年，听取蛙声一片……"

童年的回忆总是美好的，这与生活条件艰苦与否无关。

工作后，虽各奔东西，但这个爱好一直未改，延续至今。弟弟的工作是建筑行业，开始在国内工作。后来，随着改革开放，便常年在国外。先后到过多个国家，经历和体验了异国的风土人情，了解和感受了他乡的民俗文化，丰富了自己的阅历，称得上“登界游方”。我的工作是铁路系统的野外勘测，几乎跑遍了大半个中国，开阔了自己的视野，也算是“走南闯北”。独特的工作环境也为诗词创作带来了便利的条件和不一样的感受。

从爱好背诗词，到自己写诗词。或触景生情，或有感而发；或工作中的感受，或生活中的感悟；或节日间的欢快和思考，或旅游地的畅想与遐思，每有所作，总是第一时间发给对方，先睹为快。兴致一来，互相唱和，俨然有“子非鱼，焉知鱼之乐”的心境。

兴趣是最大的动力，时间久了便形成惯力。

经年累月，不觉各自写的诗词都积攒了百余首之多。这些诗词可能笨拙，可能稚嫩、不成熟，也可能不符合平仄格律，但它是我们兄弟俩几十年心路历程的写照。从一个侧面给了思想一个素描，给了精神一个寄托，给了时间一个定格，给了生命一个观照。回忆起来便也有了一个着力点。

经历善于反省，便能成为经验，进而成为自己的财富。如果不知回味经历只是经历，最后只是一个苍白的过程。

退休后，闲来无事，便经常翻看过去写的诗词，蹿上心的第一个念头已不是文字本身的雅俗、好坏，而是写诗当年当时的环境、背景、心态，朝夕相处的同事、朋友以及所发生的故事。这才意识到，不经意间的一个爱好——几十年断断续续所写的诗词，像一个个珍珠把人生这条隐线穿了起来，它已超越了诗词本身，具有了象征意义，成了生命的一部分，这便有了结集出版的想法。于自己是一个回忆、反省、总结；于家人、亲友是一个慰藉、纪念、鞭策；于同代人或许勾起一点当年岁月的联想，于其他人茶余饭后闲聊兴许能多一些谈资。

我们兄弟间，我排行为大，弟弟排行为二，既然决定一块结集出版，署名干脆就叫伯言、仲言。第一部分为伯言，第二部分为仲言。至于书名《大雁飞过》，是因为我们兄弟俩的小名均有雁的谐音字，当然，也有雪泥鸿爪的意思。

人生犹如一条奔流不息的长河，在每个时段总会泛起一朵朵浪花，或绚烂，或平庸；或艰涩，或美好；或湍急，或舒缓，都是自己的心路历程，是生命的组成部分。追忆这些浪花，就是追忆美好的往事；欣赏这些浪花，就是欣赏既平凡又绚烂的人生；赞叹这些浪花，就是赞叹生命的奇妙、伟大！最终，所有人生道路都将融入生命的大海，回归浩瀚的宇宙。大道永恒！

是为序。

二〇一八年十月十八日伯言　于咸阳

目 录

第一部分 伯言诗词

第二部分　仲言诗词

第一部分　伯言诗词

沁园春　清明

凭楼伫立，雾沉云低，江南淫雨。又清明时节，羊城尽绿，燕子穿飞，蝶栖花底。游人断肠，鬼魂添喜，同览风光情各异。看侨眷，祭亲返故乡，携儿带女。

春风不解人意，昨翻弄、木叶到晚夕。更高空无月，夜难将息，新梦不成，愁极懒起。凝眸墙壁，神飞无际，睡朦胧又回乡里。归心切，愿长天有路，直踏云梯。

一九七八年四月

银婚赠妻

转眼银婚至，相伴廿五年。
一心结永好，两贫互不嫌。
持家侍老小，秉性幽如兰。
莫道鬓霜起，松柏耐岁寒。

二〇〇二年九月

齐鲁游记（组诗六首）

青　岛

乘车东南行，久仰青岛湾。
红瓦映绿树，碧海衬蓝天。
波平山入画，浪起船轻颠。
神仙逍遥游，忘却是人间。

崂　山

拔海耸立第一峰，崂山环抱太清宫。
千年古刹人如织，今观紫气亦向东。

刘　公　岛

登岛凭吊古炮台，百年历史涌心怀。
甲午海战国蒙耻，马关条约事更哀。
欣逢神州昌盛日，割让港澳失复来。
中华民族要崛起，应靠人人展其才。

曲　阜

至诚谒孔府，圣名流千古。
教化从心起，尚文不崇武。

游　蓬　莱

今日喜登丹崖山，蓬莱阁上访神仙。
海市蜃楼知何处？空野茫茫云水间。
人无止境超凡地，心有灵犀通九天。
吾请八仙重返世，共与万户享炊烟。

城　山　头

城山头上天尽头，海疆东端第一楼。
天有尽头心无尽，名人墨迹供人游。

二〇〇四年五月

注：威海城山头是我国东海岸线上的最东端，俗称天尽头。建有一阁楼，以示纪念。曾有人游至此地，题“天尽头”三个字，后刻在石碑上，立在东海岸崖边，供人游览。

如梦令　秦桥遗迹

城山头上崖边，始皇东海求丹。祈盼永不老，空留遗迹人间。试观，试观，古来几人成仙。

二〇〇四年五月

蝶恋花　登泰山

中天门接十八盘，峰回路转，步步向云端。玉皇顶上望碧天，身在霞光霄汉间。

人生难得几回闲，暂抛烦恼，逸情似神仙。华夏处处有名山，得空便可游几番。

二〇〇四年五月

香　　山

苍柏欲滴枫叶红，雨后深秋景不同。
霜林幽径黄满地，疏枝遥听喊山声。
金风乍起浮云散，斜阳漫侵香炉峰。
重峦尽向眼底收，斑斓五彩似人生。

二〇〇四年十一月

甲申年生日偶成

物换星移只瞬间，五十过后又一年。
回首沧桑俱琐事，不必追悔慕前贤。
胸中有碍天地促，心头无尘半床宽。
雪泥鸿爪转眼空，荣辱成败两释然。

二〇〇四年十月二十日

春　雪

三月十一日，突降鹅毛大雪，为多年少见，甚为壮观，口吟而成。

春风寒云应时发，漫天飞雪满城花。
轻沁方寸三千界，寻梅何须向邻家。

二〇〇五年三月十一日

满江红　越王台怀古

春日江南，结伴游、古越遗迹。登台眺，小城不在，高楼林立。鸟语莺啼林中喧，陈史已随流水去。叹沧桑、吴越争雄处，成追忆。

尝苦胆，立奇志。同耕作，蓄国力。二十载图谋，重复失地。今看江浙成一统，忽觉争斗如儿戏。且逍遥、岁月易流逝，无从觅。

二〇〇五年四月十日

兰　亭

群岭春抹景渐深，亭阁依旧柳丝新。
一潭清波研绿墨，万竿修竹树笔林。
曲水流觞传绝字，风云际会遗序文。
才思多从闲情生，身心两怡有几人。

二〇〇五年九月

重　阳

十里长街灯初明，车水流光驰游龙。
何处寻得茱萸戴，登高只在旧梦中。

二〇〇五年十月十一日

中　秋

车马稀疏万家红，普天清辉一轮明。
五洲亿民同斯日，唯看华夏有此情。

二〇〇五年九月十八日

大　禹　陵

上古治水江河平，厘定九州启文明。
铸鼎谋得千秋策，三过不入万世名。
吾辈凭吊细沉思，疏堵迥异果不同。
飞龙已跃长城外，关山仍有无数重。

二〇〇六年九月

注：相传大禹治水后，铸九鼎，划天下为九州，启中华文明之开端。治水十三年，三过家门而不入，美德扬名后世，家喻户晓。

念奴娇 山西之行

宁武冰洞，已有300万年历史；庐芽山原始森林海拔2739米，千百年来，几无人迹，而平遥古城、乔家大院，仅二三百年，已是巨变。自然的久远和人文环境的速变，反差如此强烈，感触颇深，是以为记。

万年冰洞，溯起源、上接宇宙洪荒。庐芽山重峦叠嶂，峰立云海天上。原始森林，别样风光，千载无人赏。亘古造化，人世几多沧桑。

复览乔家旧居，平遥票行，斯时已言商。汇通开创，新交易、试问何逊西方？雏雀折翅，孤雁夭伤，只因风雨狂。碧空如洗，神州又是朝阳。

二〇〇六年六月

北　戴　河

暮烟当海生，秋蟋伴涛鸣。
寂寥惹思绪，独立对寒星。
时空何所异？不与古人逢。
天地何有异，心与古人同。

二〇〇六年九月十八日

贺新郎　西湖抒怀

三十年前初次到江南，曾游西湖，美不胜收，印象极深，印入脑海，多年挥之不去。今日重游，时过境迁，感受迥异，是以为记。

楚天深秋后，三十年、魂牵萦绕、遂愿重走。十里苏堤寻旧梦，霜落几多寒柳。雷峰塔、依然伫守，华颜鬓发均改尽，三潭月、年年印星斗。空记忆，难回首。

年少也曾如狮吼，天下事、等闲看过，何难之有？而今方觉太疏狂，豪气不再如旧。论纷纭、慎言缄口，西湖如旧心已瘦，平惆怅、无绪风满袖。寄闲云，一壶酒。

二〇〇六年十月十八日

云台山三题

红　石　峡

亿年峡谷自然成，栈道人凿鬼斧工。
飞瀑击石从天落，九霄云外听回声。

小　寨　沟

翠黛新洗墨染成，碧波如镜倒群峰。
曲径幽明回无尽，恍入仙境天上行。

茱　萸　峰

曲折穿洞十三盘，跃上峰顶云海间。
霞光更向苍穹照，始信尘世有仙山。

二〇〇七年六月十八日

喜闻得外孙口占

佳节喜闻女添婴，错把秋风当春风。
老夫年来无别事，唯盼膝前笑语声。

二〇〇七年十月四日

国 庆 赠 妻

又值金风起，连理三十年。
往事如昨梦，孙儿绕膝前。
遥隔虽两地，挂念一心悬。
鸿雁捎口信，代我问平安。

二〇〇七年十月一日

重阳独居燕地有感

长空叶落雁影孤，佳节倚楼喜却无。
半生漂泊终是客，一身犹为稻粱谋。
静参禅门无一字，聊度时光有闲书。
明月莫扰清凉夜，秋风吹梦到秦都。

二〇〇七年十月十九日

生日感怀戏作

今天是夏历九月初七，适逢五十五岁生日，独自一人闲坐无事。想到隔日九月初八快到重阳，百般寻思，千番计较，作诗嵌入十个数字，聊以解嘲。

节日近九九，岁月过五五。
祈盼六六顺，偏逢七七堵。
谁说八是发？一生总劳苦。
抛却二三四，空心即幸福。

二〇〇八年十月十七日

三　清　山

三清山地处浙闽赣三省交界处，山势雄伟，奇石林立，借助古栈道沿山腰开路，盘旋而上，宛如一条玉带束在崖间。登高远眺，群峰被翠绿的苍松灌木所覆盖，一抹夕阳挂在天边，甚为壮观，时间有限未能尽兴，有感而发。

玉带环山绕，群峰入云中。
巍峨与天齐，登高望三省。
重峦覆翠黛，隔涧有回声。
游人意未尽，残阳立秋风。

二〇〇八年九月二十二日

中　秋

云淡空益远，夜凉暮更幽。
玉兔移无声，噪蝉啼寒秋。
思绪接千载，古今同怀忧。
非关天上月，人间有离愁。

二〇〇八年九月十四日

己丑年除夕夜

三阳开泰九州春，六合除旧万户新。
阖家共向厅堂坐，屏前杯酒话古今。

二〇〇九年一月二十五日

晴儿三十岁生日作

遥祝生日好，而立三十年。
飞雪骑木马，赏灯坐脖肩。
多少欢愉事，历历如昨天。
期许霜后竹，经寒翠愈坚。

二〇〇九年二月二十六日

扬州怀远

三十五载重来游，如烟往事上心头。
瘦西湖里寻旧梦，长堤翠柳惹新愁。
二十四桥依然在，岁月复过几多秋。
白鹭不晓人世非，蓝天闲云乐悠悠。

二〇〇九年六月十八日

代妻作父亲忌日追思

阴阳两隔三十春，萦绕慈颜思至今。
戎马半生苦半生，为国一心家一心。
勤劳严教性如铁，唯盼有成慰此身。
残愿未了英年逝，最使儿女泪满襟。

二〇〇九年八月五日

生日抒怀

金凤日复暖，陋室入梵音。
寒暑相摩荡，稀发繁霜鬓。
不觉老将至，犹怀赤子心。
引吭歌一曲，高卧无古今。

二〇〇九年十月二十四日

中 秋

一腔客愁秋思满，万里故乡共月明。
菊花凉夜新醉酒，忽觉空廖有秦声。

二〇〇九年十月三日

除夕子夜

阴阳初更替，爆竹震乾坤。
万物开新岁，天下又一春。

二〇一〇年二月十三日

春 雨

甘霖飘洒细如丝，润醒万物春睡时。
最喜桃花迎风笑，浴罢妩媚第一枝。

二〇一〇年三月

生日赠妻

遥祝生日好，松柏与南山。
厮守共寒暑，岁去不知年。
相约同携手，梵行度世缘。
忘却有炎凉，心空境自闲。

二〇一〇年五月二十四日

端午节赠妻

日前家小聚，今已去南方。
关山隔万里，短信诉衷肠。
心共白云远，情随流水长。
戚戚复寂寂，独自饮雄黄。

二〇一〇年六月十六日

中秋有感

上周还穿短衣，一场秋雨，迅速降温，均改套装，气温变化之快令人不适，印象颇深，是以为记。

暑热残未尽，短衫复秋装。
炎凉须臾换，霜侵落叶黄。
愈觉人生促，转羡日月常。
呼伴酌美酒，闲坐话农桑。

二〇一〇年九月二十二日

寒　食　节

欲遣暮寒望春归，新蕾初绽柳未飞。
群雀争暖枝头噪，几人犹记介子推。

二〇一〇年四月四日

鹧鸪天　结婚纪念日共勉

三十三年岁月长，皱上脸颊鬓染霜。困苦已随流水过，经寒梅花有余香。

修梵行，永安康。老来养生有妙方。秋光堪比春光美，共享余晖度沧桑。

二〇一〇年九月三十日

重阳节与友共勉

夕阳秋正浓，霜染枫林红。
衰草随风枯，翠柏傲苍穹。
无山可登高，有酒话人生。
世间非与是，俱在一杯中。

二〇一〇年十月十六日

元宵节

新春复上元，日暖彩灯繁。
接踵喧笑语，人天共团圆。

二〇一一年二月十八日

祝晴儿生日

晴儿生日，又恰逢熊熊新增一岁，是以为记。

多年未逢此，阖家聚渭城。
母子添岁月，日暖情愈浓。
眼宽志必远，心空恼自平。
诸事浮云过，不老有苍穹。

二〇一一年二月二十六日

念奴娇　咸阳感怀

内退辞职，年前回陕，在咸阳呆了近乎一个春天，为二十七年来所未有。四公里长的咸阳湖焕然一新，统一广场巍峨壮观，旧貌难觅，人物俱非，感慨颇深，是以为记。

渭城春深，寒食过、东风一扫冷色。蓝天绿树花蝶舞，林中喧闹晨雀。一泓碧水，十里翠柳，郁金香沁悦。倦客初歇，闲看柔絮飞雪。

漂泊飞蓬经年，往事依稀，更难与人说。交臂不觉，人事非、百年世间过客。对景无住，万象自得，方寸愈空阔。孰为快乐？当下如幻岁月。

二〇一一年四月十八日

端 午 节

端阳民俗数千年，万民自发祭屈原。
粽子艾叶雄黄酒，传承文化有内涵。

二〇一一年六月六日

无 题 三 首

其一

穷通本无定，得失一念中。
水流花放时，细听天籁声。

其二

太虚一幻景，闭关天地间。
孤明绝伴侣，阴阳不相关。

其三

万象周复始，天心无改移。
用舍随缘了，行藏有禅机。

二〇一一年七月十六日

和二弟生日感怀诗一首

人生百年已过半，繁华褪尽复平淡。
儿时岁月犹然在，举家困苦一瞬间。
长空亚非隔万里，情系银辉连丝线。
聊慰思念暂借酒，更祝平安盼相见。

二〇一一年八月二十八日

附二弟原诗：

天命花甲已行半，霜染鬓发颜容淡。
一海两洋三十载，二洲五语衣渐宽。
故国明月院中近，异乡鸿雁天边远。
繁星闪烁乡情浓，清风伴我入梦间。

和二弟中秋诗一首

暮云复遮月，伫立听鸣蝉。
惆怅秋雨细，无端思故园。
亲人分五处[①]，寂寞赏婵娟。
重聚桑梓地，把酒话离年。

二〇一一年九月十二日

注：①五处：咸阳、涿州、西安、喀麦隆、长沙。

附二弟原诗：

非洲中秋感怀

又逢中秋夜，玉盘挂天边。
月光透姣影，清风添思念。
漂泊飞万里，乡愁入心间。
举杯祝亲人，千里共婵娟。

送佳婿诗一首

金秋月欲圆，南国传佳息。
初遂平生愿，一搏正当时。
夜阑浮云散，凌霄自有期。
长空九万里，东方现晨曦。

二〇一一年九月七日

五十八岁生日自述

平生唯好静，喜参无字书。
宇宙穷造化，万物何为初？
空性追思远，惯把世情疏。
但得通玄理，凭人笑老夫。

二〇一一年十月三日

重阳节有感

疏叶碧空远，酷暑相揖别。
蹉跎浑不觉，百岁如梦蝶。
寒雀喧未静，红日又西斜。
坐看秋风起，天凉好时节。

二〇一一年十月五日

春节偶记

燕地柳未发，爆竹入新年。
迢递三秦路，梦弹故国弦。
亲朋揖贺春，童趣压岁钱。
乡情复相忆，四更犹未眠。

二〇一二年一月二十三日

立　　春

日长又近上元期，观灯接踵人如织。
莺雀呢喃风扑面，戏闹耕牛打春时。

二〇一二年二月四日

和二弟清明诗

清明未见雨纷纷，漂泊俱为异乡人。
万里遥望桑梓地，心香一瓣祭祖魂。

二〇一二年四月四日

附二弟原诗：

又是一年清明近，异国未见雨纷纷。
炎黄子孙皆祭祖，踏青扫墓劳家人。

用其韵和二弟清明诗

心诚确能动九天，游子万里情绵绵。
落雨恰似无尽意，方寸岂容隔珠帘。

二〇一二年四月四日

附二弟原诗

清　　明

现在是喀麦隆旱季，在这个季节本应该是没有雨的，可是在今天早上却淅淅地下起了小雨，仿佛也在呼应故乡的清明节啊。

热带雨林旱季天，此时本无雨绵绵。
谁想游子也祭祖，感动老天落珠帘。

临街偶成

亭亭玉立着华妆，落落雍容气犹昂。
自负颐指纤纤手，开口灵台寸寸荒。

二〇一二年五月一日

和二弟端午节诗

端午同来祭屈原，华夏捷报频频传。
蛟龙入海七千米，神舟飞上九重天。

二〇一二年六月二十三日

附二弟原诗：

粽子艾叶雄黄酒，橘颂九歌离骚赋。
华夏诗人数屈原，汨罗江水千年流。

妻六十岁生日

祝君华诞六十秋，老来携手共白头。
秀心不随寒暑老，英年已过复何求？
生性俯仰无愧天，日常操持巧应酬。
快语疏朗笑声多，乐善好施逍遥游。

二〇一二年七月十二日

妻六十岁生日纪念

六十花甲不平凡，几多困苦化甘甜。
早年顾家八弟妹，婚后助夫一内贤。
老来喜伴顽孙闹，映日荷花逐笑颜。
执子之手共偕行，相濡以沫度世缘。

二〇一二年七月十二日

恭祝好友喜得孙子

贤侄添贵子，老友恭贺喜。
高朋满座聚，欢歌喧笑语。
酒酬八方客，鹏程九万里。
闲来吃茶去，明朝候佳期。

二〇一二年七月十四日

暮　夏

暮夏初惊魂，南国起风波。
离绪犹难断，心碎泪雨多。
危舟遭巨浪，回首唱秦歌。
携子二十载，鬓霜看如何！

二〇一二年八月十二日

七夕有感

七夕复七夕，相思两依依。
鹊桥诉离苦，稚子增寒衣。
本非情人节，阖家欢聚时。
而今多错过，空叹奈何之。

二〇一二年八月二十三日

熊熊游香港有感

晴儿五岁时，初次到深圳，现在她带五岁的儿子去香港，恍若隔世。

五岁赴鹏城，五岁香港行。
悠悠三十载，携子两代情。
日月复日月，时空各不同。
寒暑催人老，暮鼓与晨钟。

二〇一二年八月十八日

生　　日

彤云布苍宇，猎猎金风起。
斑斓林叶疏，潇潇落秋雨。
阴阳自造化，天地何忧喜。
万古三千界，本来一念里。

二〇一二年十月二十一日

虞美人　中秋节及结婚三十五周年纪念日

碧空如洗款款风，树梢闻啼莺。中秋连理日双逢，往事纵然不想也动情。

身心康健共偕行，老来愈从容。花开花落笑谈中，院内百鸟和鸣听秋声。

二〇一二年九月三十日

和二弟中秋诗

秋风佳节年复年，亘古今日望玉盘。
离人心中相思泪，阖家月前尽笑颜。
银辉遍洒九万里，短信遥祝共婵娟。
兄弟自有真情在，一声问候比蜜甜。

附二弟原诗：

斗转星移又一年，非洲大陆望玉盘。
故乡明月照孤影，异国风情拂素颜。
关山万重阻佳节，相思两地同婵娟。
烦请嫦娥代品尝，家中月饼甜不甜。

二〇一二年九月三十日

春分雪景

日出银世界，雪融春消息。
雀喧东风舞，摇曳破新枝。

二〇一三年三月二十日

妻六十一岁生日作

耳顺又一年，洒脱对世间。
荷花透碧水，白云绕青山。
忙从闲处想，静来心不烦。
放眼乾坤大，气量自然宽。

二〇一三年七月一日

教师节诗四首

——纪念晴儿大学执教十年

其一

十年岁月无异同，三尺讲台悟人生。
桃李已随春风去，金秋硕果思园丁。

其二

十年岁月看人生，龙蛇竞舞道不同。
东边日出西边雨，云在青天水在瓶。

其三

十年岁月说人生，人人俱在生活中。
酸甜苦辣本常事，心境不同味不同。

其四

十年岁月望人生，百年岁月也相同。
人生何处无风雨，静听乾坤天籁声。

二〇一三年九月十日

花 甲 赋

斗转星移，花甲之年；退休还乡，卸甲归田。
除去浮名，一派天然；回首往事，须臾之间。
漂泊半生，始终未闲；近来遐思，浮想联翩。
幼时羸弱，奶寄碱滩；养母恩德，长挂心间。
异性兄弟，结伴幼年；稍长入学，依旧贪玩。
不知亲疏，夜宿两边；忍饥挨饿，蒙眬之间。
众多兄妹，嬉戏村畔；无忧无虑，难忘童年。

风雨骤起，辍学赋闲；回家务农，志学之年。
割草拉粪，平整农田；兴修水利，剪枝果园。
时局嬗变，复课两年；中学毕业，返乡务田。
命运多舛，风云突变；未及弱冠，父逝英年。
呜呼哀哉，无泪苍天。一句遗言，无形大山；
家庭重担，从此上肩。祖孙三代，举步维艰；
斯时心灵，情何以堪。何为人生，初上心端。

务农两载，时来运转，企业招工，有幸入选。
望改命运，信心满满。脚踏实地，积极勤勉。
上过沈阳，下过四川；到过上海，跑过襄樊；
深圳蛇口，一干十年，半个中国，几乎跑遍。
艰难困苦，自不待言。斯时年轻，乐此不倦，为家为己，苦乐参半。终有小成，换来提干。
虽有喜欢，迷茫未减，人生为何，萦绕心间。
其间又逢，倾倒泰山，两家责任，一肩来担。
事业虽成，心灵未安，彷徨寻找，杂书乱翻。
上下求索，叩问苍天，人生为何，再上心端。

管理工作，屡有变迁，初在基层，野外勘探，
主抓后勤，兼管一线。多经房管，样样俱干，
心灵追寻，始终未断。闲暇之余，边学边参。
渐行渐深，小有所见。事业功名，逐渐看淡。
世间富贵，非吾所愿。直取菩提，方为正见。
究竟解脱，始能心安。此外余事，皆是助缘。
稍有所悟，烦恼微断。六十春秋，如烟如幻。
人生一世，如露如电，所经坎坷，视为历练。
风雨过后，彩霞满天。花开花落，自自然然；
行走坐卧，平平凡凡。喜怒哀乐，万事随缘；
心无所往，颐养天年。

二〇一三年九月二十八日

和二弟祝贺我生日诗

儿时岁月犹眼前，寒暑相侵花甲年。
富贵功名身外事，兄弟情深大于天。
沐雨岩松巍且挺，消雪修竹翠愈坚。
故乡最牵游子心，渭北悠然看南山。

附二弟原诗：

今年农历九月初七是大哥六十岁的生日，他于1972年参加工作，从故乡咸阳开始，先后在镇江、深圳、上海、涿州等地方工作，最后在北京退休。从一个普通工人起步，工作、学习、努力、拼搏，成为一个管理者，奋斗到处级退休，也算圆满。赋诗一首，祝生日快乐！

少小离家渭水畔，霜染鬓发花甲诞。
九州足迹艰辛苦，数载自强恒心坚。
沐浴春风珠江口，收获硕果燕赵间。
故乡也有菊花黄，遣诗文墨看南山。

二〇一三年九月三日

上　元　节

七九寒欲尽，彩灯似画廊。
夜临笑语喧，接踵流水长。
神州萌春意，大地动农桑。
一轮明月起，邈邈涵太苍。

二〇一四年二月十四日

雨中游咸阳湖

蒙蒙春雨间，湖堤少人烟。
垂柳滴青翠，飞燕舞翩跹。
碧水荡涟漪，曲径唯鸟喧。
天地一幅画，悠然即神仙。

二〇一四年四月十八日

夏至有感

阳去阴萌暑愈强，冬盼温暖夏寻凉。
长空万里白云过，不与日月争短长。

二〇一四年六月二十一日

破　　晓

鱼白日初升，长夏起荷风。
九州荡祥气，垂柳尽向东。

二〇一四年七月三十一日

七　　夕

银河一度几千春，谁说王母太认真。
荆室多忘西风渐，今许檀郎会情人。

二〇一四年八月二日

延　安　行

雨歇初放晴，得闲谒古城。
重峦叠翠黛，一川车马鸣。
河山仍依旧，人事几迭更。
逝者如斯夫，遐思自然生。

二〇一四年八月九日

清平乐　中元节

昏晓初凉，摇曳日影长。枝上秋蝉声高亢，觅食海鸥翱翔。

须臾浮生如箭，犹如南北归雁。无端欲问苍穹，人与候鸟孰怜？

二〇一四年八月八日

初　秋

昏晓觉初凉，摇曳日影长。
风爽天益湛，林喧鸟更忙。
万物本二气，翠绿定枯黄。
参透阴阳理，变化又何妨。

二〇一四年八月十日

处　暑

清平郁葱葱，百姓望秋成。
衰蝉凄声紧，哀怨过严冬。

二〇一四年八月二十三日

中秋抒怀

万年人世几浮沉，亘古未变月一轮。
百代争斗帝王史，盅里乾坤俱飞尘。
莫向外物逐花眼，应从心中起昆仑。
方寸自有三千界，清凉苍穹杯酒频。

二〇一四年九月八日

咸阳湖

深秋细雨绵且长，层林似黛有微黄。
幽径花伞稀点缀，旷湖野鸥低徜徉。
时云时雾棋局变，乍阴乍晴人心忙。
红尘本是桃花源，信步超然自清凉。

二〇一四年九月十七日

秋分

物候均阴阳，四海自清凉。
万事合天理，社稷定然长。

二〇一四年九月二十三日

临江仙　巧遇

花甲又逢添新岁，宝石婚差三年。难得同日偶相连，发从鬓角白，梦向手中圆。

峥嵘岁月已云烟，笑对西风秋寒。方寸不再起波澜。静观风云动，明月自悠闲。

二〇一四年九月三十日

季夏即事赠二弟

楚辞汉赋各不同，仓颉造字鬼神惊。
人世沧桑九更迭，精神血脉赖斯承。
文章不厌百回改，锦绣岂是一日功。
满纸烟霞抬望眼，云霄犹有妙高峰。

二〇一四年九月十七日

国　庆

苍穹舞金凤，九天祥云生。
泱泱呈大气，华夏欲中兴。

二〇一四年十月一日

重　阳

寂寥长空阔，浩气入云霄。
平凡行履处，犹显境界高。

二〇一四年十月二日

志高远

——宫熊熊七岁生日

莘莘亦学子，孜孜博古今。
应抱凌云志，敢为开拓人。

二〇一四年十月四日

霜降

天地有纲纪，肃杀蓄活力。
枯叶凋敝后，冬至复阳气。

二〇一四年十月二十三日

冬至

天地闭刚气，君子藏于密。
浮云任舒卷，潜行待春息。

二〇一四年十一月七日

元旦望日

晨曦破云雾，霞光扫野烟。
凝霜徐消退，初温遣夜寒。
忽没阴霾蔽，又浮斗正酣。
安得通身暖，须待日中天。

二〇一五年一月一日

立　　春

万象呈残冬，天籁声不同。
六合荡阳气，大地已春风。

二〇一五年二月四日

元　　日

万户纳新气，六合除旧年。
百鸟啄青翠，九州春盎然。

二〇一五年二月十九日

鹧鸪天　清明

连阴放晴呈吉祥，雨后仲春别样妆。桃枝新增三分绿，杏花平添一缕香。

松尖翠，柳丝长，百鸟叽喳闹斜阳。欲向东君问消息，万紫千红谁在忙。

二〇一五年四月五日

二弟生日赠诗

斗转星移几多春，儿时欢快忆犹新。
夜凉吟诗贫院卧，穷敢憧憬有童心。
四海漂泊少年志，雪染双鬓故情深。
秋风入眼天地阔，神超物外鉴古今。

二〇一五年八月二十一日

满江红　生日抒怀

露凝叶疏，近重阳、一派秋光。叹年华，绿衰红褪，素容淡妆。半生漂泊觅高处，一事无成两鬓霜。白驹过、浮名已余事，参与商。

思古人，廉颇将。伏枥骥，曹丞相。应重读青史，再阅沧桑。时光已随流水去，超然物外又何妨。登高处、揽八荒入怀，定心畅。

二〇一五年十月十九日

满庭芳

千鸟一树，万花同叶，放眼活力凋零。几番新雨，难改旧时容。年年百草茂盛，最是缺、牡丹花红。更累了，深情耕耘，共几代园丁。

惆怅，望秋雨、洗尽身尘，抚慰心灵。速迎来，利结硕果金风。休说无端闲愁，多少事、来去匆匆。莫笑我，杞人忧天，醉酒一梦中。

二〇一五年九月十日

念奴娇　中秋

兼念二弟生日临近，并想到诸兄弟姊妹们皆已人过中年，感慨良多。

岁岁中秋，见证了、千古悲欢离合。经年明月行无语，人世情感寄托。银光泻地，遥想嫦娥，广寒为谁歌。后羿安在？一念错离婆娑。

自幼手足情深，贫苦共度，难与外人说。碧海月轮送清辉，心与太虚俱澈。相邀把酒，浑然物外，休管头飞雪。北斗横斜，天地依然寥廓。

二〇一五年九月二十七日

代妻作“铁中”同学聚会有感

四十五载聚咸阳，恍若隔世诉衷肠。
豆蔻年华浑似梦，依稀难辨旧模样。
世事坎坷休多问，何处人生不沧桑。
雨后彩虹更绚丽，心旷神怡自安康。

二〇一五年七月五日

为妻生日作

晴空丽日，和风幽兰。
韵溢流长，性洁超凡。
眸若晨星，霞逊素颜。
东海南山，福寿绵绵。

二〇一五年七月九日

结婚三十八年纪念

柴米油盐事平凡，携手三十有八年。
共筑爱巢衔新枝，尽责犹顾旧家园。
崖柏最能经风雨，梅花何惧雪满天。
春去留痕心影过，秋来送目远青山。

二〇一五年九月三十日

爱无疆

——宫熊熊八岁生日

旭日升东方，天地有霞光。
欲成大事业，先要爱无疆。

二〇一五年十月四日

乔　迁

客居八年欲搬迁，夜雨洗尘涤旧缘。
昔日封存留记忆，今朝蓬室开新篇。
江河不竭浪推浪，青峰绵延山连山。
生活恰似交响曲，经历升华便不凡。

二〇一五年十月二十三日

立　春

大地动阳气，九州涌春潮。
不日纳新岁，万户乐陶陶。

二〇一六年二月四日

上元节

三阳六合俱闹春，天地共享月一轮。
人间喧声动苍穹，疑是众仙降凡尘。

二〇一六年二月二十二日

二　月　二

二月二里龙抬头，乘势不必费筹谋。
愿得苍穹天河水，普降甘霖绿九州。

二〇一六年三月十日

端午杂思

遗风传久远，端午祭屈原。
辞章彪千古，求索敢问天。
斯世何所寄？逐利俱为先。
心上有珠峰，几人欲登攀。

二〇一六年六月九日

父　亲　节

献给天下每个人儿时心中的偶像——父亲。

身躯巍峨胸怀宽，勤劳负重堪比山。
阖家一座擎天柱，似铁双肩岁月担。
寒来暑往谋生计，春去秋临白发添。
委屈不语随风过，烦恼俱消杯酒间。

二〇一六年六月十九日

清平乐　兄弟情

二弟在非洲工作多年，今天（农历八月二十一）是他的生日。祝他生日快乐！幸福吉祥，身体健康，万事如意！另外，填词一首，聊博一笑。

金秋华诞，长空送祝愿。东海南山不老松，迎霜傲雪愈健。

异国难遣乡愁，把酒独对高楼。万里兄弟情在，渭水依旧东流。

二〇一六年九月二十一日

三春即事

桃梅桃梨次第开，耕耘只为盛春来。
一鹤冲天排云上，始信自然巧安排。

二〇一六年四月二十六日

母亲节

今天是母亲节，我在朋友圈发了几束花，献给天下所有的母亲，并赋诗一首。

数束鲜花情谊深，价值堪比万两金。
一念真诚动天地，日月可鉴赤子心。
子曰尽孝物非先，色难二字泾渭分。
寸草欲报三春晖，勤将笑脸对双亲。

二〇一六年五月八日

念奴娇　贺妻生日

岁月如如，浑不觉、屈指六十三秋。爱巢从来多风雨，尘海一叶扁舟。内外合力，经年共筑，呕心费运筹。肝胆冰雪，往事如水悠悠。

老来怡然清静，随缘度日，携手共白头。诸事顺逆由它去，且莫自生烦忧。俗事千般，心空如镜，万象慧眼收。超然物外，忘却世间闲愁。

二〇一六年六月二十八日

宫暖暖出生有感

金风喜事临，仙女降凡尘。
阖家乐开怀，仿佛又逢春。
秋凉心生暖，福来花盈门。
天地大宇宙，家内小乾坤。

二〇一六年十一月二日

清平乐　结婚三十九年纪念

润月成岁，不觉荷花褪。每年今日最回味，才上心头已醉。

三十九载秋容，忆来每每不同。一串珍珠锦线，相思牵于无穷。

二〇一六年九月三十日

水调歌头　祝二弟花甲年

丙申中秋已临，二弟八月二十一生日，年届花甲，圆满退休。近日，读其《水调歌头·花甲感怀》，用其韵和词一首。

丙申金风至，业竟果满园。桂菊次第绽放，耕耘有丰年。屡经冬寒雪霜，也曾春风青云，往事非云烟。方寸纳四海，花甲展笑颜。

天何功，地何为，共深参。夙愿志立云霄，古今有千般。拙笔难尽平生，不凡沧海一粟，更逐新洞天。云淡月皎洁，秋高望南山。

二〇一六年九月二十一日

附二弟原诗：

水调歌头　花甲感怀

少小怀憧憬，弱冠别家园。关山数载飞度，弹指花甲年。笑谈部落趣闻，惯看赤道骤雨，大漠伴孤烟。书生意气勇，蓝图染素颜。

独把樽，万籁寂，暗自参。男儿志向千里，执着为哪般？思绪寄与清风，惆怅休问大地，浩瀚碧空天。大江东流去，触目皆青山。

水调歌头　叔父八十寿诞

金秋开八秩，华诞客满堂。恭祝椿萱并茂，欢聚喜洋洋。金猴蟠桃献瑞，仙鹤起舞延年，寿共福禄长。齿德齐姜尚，安居渭水旁。

精神健，胸怀阔，体安康。闲看云卷云舒，方寸揽八荒。晨暮安步当车，舒怀信马由缰，静享好时光。杖朝望期颐，祝愿寿无疆。

二〇一六年十月二十六日

宫熊熊九岁生日

万仞立云霄，志宏品更高。
八风吹不动，天压不弯腰。

二〇一六年十月四日

小雪节满城飞雪遐想

彤云起朔风，大雪满渭城。
玉洁花千树，冰封万里凝。
三秦盈丰兆，路客怨难行。
安得双全法，兼顾世人情。

二〇一六年十一月二十二日

咏　　松

干直叶叠郁郁长，历尽寒暑更劲苍。
陵谷随栽根坚固，经年不凋适四方。
不与百草争茂盛，只同梅花比傲霜。
休说严冬漫天雪，依然挺拔自芬芳。

二〇一六年十月七日

旷野遐思

小寒又一候，疏枝尽眼收。
莫怨霜风烈，御冬自需求。
太乙循天理，岂是眼中秋。
花开及花落，何喜复何忧。

二〇一七年一月十日

立　春

大地又回春，鞭春益盼春。
千载民俗在，革故望鼎新。
春潮蕴春雨，东风满乾坤。
蜀犬枉吠日，神州春已深。

二〇一七年二月三日

春雪即景

飘飘洒洒来得急，落地犹恐润物迟。
庭院翠竹兼新柳，转眼已是霜满枝。

二〇一七年二月二十一日

水调歌头　晴儿寄语

霄汉临凡尘，人生欲中年。一路春花风雨，崎岖有波澜。燕赵妙生童趣，三秦不辍耕耘，苦涩寓甘甜。平生尚可慰，最是儿女全。

人间事，孰难料，皆随缘。俯仰无愧，百事绕身若等闲。怡然冰雪玉立，方寸不动如磐，快乐展眉间。乾坤俱成器，又是一重天。

二〇一七年二月二十六日

丁酉年仲春有感

二月角宿望神州，鼎革必将盛千秋。
纵横捭阖兼内外，高屋建瓴势瀑流。
百江百湖归大海，一带一路巧运筹。
沉舟侧畔千帆过，莫管野狐唱荒丘。

二〇一七年三月三日

暮春咸阳湖散步即景

群雀喧林枝，叽喳欲春住。
落英绝尘埃，绿深荫径暮。
天地大写意，静心方领悟。
回首问东君，归去知何处？

二〇一七年四月六日

二弟受聘教授有感

新雨洒暮春，微信传佳音。
终遂平生愿，华丽再转身。
鹤鸣思高远，龙游望海深。
三尺大讲台，悠然论古今。

二〇一七年四月十九日

咏兰诗六首

其一

九天瑶池仙草苑，神清玉洁若许年。
一念凡心动情海，飘然尘世了宿缘。

其二

碧秆玉蕾茎叶长，阅尽寒暑更耐霜。
不与百草斗奇艳，天生风韵自幽香。

其三

花开晶莹本清高，素厌繁华喧与嚣，
百草俱盛甘点缀，常青不随四时凋。

其四

梅兰竹菊卉中王，品格自异傲群芳。
最是伊兰性恬淡，谦谦君子世无双。

其五

寒来暑往日月长，竹共兰花相宜彰。
兰输修竹节节高，竹逊幽兰淡淡香。

其六

久久香气沁心田，清风欲醉自天然。
纵有奇花千般好，不及方寸一株兰。

二〇一七年五月二十四日

清平乐 父亲节有感

献给天下所有的父亲。

厚重如山，家国擎两肩。盈盈方寸阔逾天，阅尽千载云烟。

无语默默耕耘，不屑毁誉杂陈。要问斯有何意？无愧大写之人。

二〇一七年六月十八日

悼 屈 原

悲绝无望投汨罗，留得千载吟离歌。
动辄舍生不足训，教化爱国犹可说。

二〇一七年五月三十日

二弟生日赠诗一首

丙申复临金风至，花甲又添新春秋。
南山松拔枝愈硬，鹤翔云霄思更幽。
研墨养神喜为诗，携孙健体乐不休。
心映苍穹无阴霾，万里山河一眼收。

二〇一七年十月十日

宫熊熊十岁生日

佳节喜连连，生日月正圆。
天象久轮回，人间逢瑞缘。
岁增两位数，家国一肩担。
小小男子汉，有梦便不凡。

二〇一七年十月四日

省级英语大赛获奖有感

恒志且用功，百事俱可成。
夙心凌霄汉，五洲任尔行。

二〇一七年九月十八日

宫熊熊数学测验满分偶作

三分靠天赋，七分凭用功。
勤奋加认真，自信定然生。

二〇一七年九月十八日

浪淘沙　有感

秋高莫凭栏，似水流年，浮生如梦亦如烟。事过有痕休追忆，落得心闲。

尘世皆随缘，日日好天，烦恼菩提一念间。方寸不惧百事绕，何劳参禅。

二〇一七年十月二十六日

无　题

方寸无一物，幽藏百万兵。

随机起风雷，飞雁过长空。

二〇一七年十月十八日

“六一”戏作

惯历四季风，经年走西东。

不远数百米，准时堪比钟。

尽责又健体，老来身板轻。

日日复日日，屈指胜长征。

二〇一七年六月一日

立　秋

微雨入新秋，暑热戛然收。
天蓝空益远，身爽气自柔。
江山九万里，谁为社稷谋。
欲抽倚天剑，吾辈已白头。

二〇一七年八月七日

杂　题

静养卧榻有所思，固执为病更难医。
雁掠长空犹留影，心滞一念亦是迷。

二〇一七年十月八日

清　平　乐

岁月如山，寻常日日翻。喜怒哀乐铸诗篇，民俱以食为天。

平凡似水流长，心飞创意翱翔。亘古文化科技，生活便是滥觞。

二〇一七年十一月十日

念奴娇　结婚纪念

——结婚四十年，在西方称为红宝石婚

时光荏苒，浑不觉、连理四十春秋。如梦岁月，消磨得、青丝换却白头。苦也忧伤，乐也悠长，涛涛逝水流。肝胆冰雪，相濡早已忘忧。

岁已俱过花甲，安居无虞，不为稻粱谋。风雨过后是彩虹，颐养复何求？寄情山水，心若闲云，相携青眼收。苍穹为海，人生一叶扁舟。

二〇一七年九月三十日

调宿疾有感四首

其一

四大违和掩散关，凝心专念克期痊。
明知宿疾缘起法，调理更是万般难。

其二

万法唯心理自明，转物如在冰上行。
事理不能圆无碍，修行总是一场空。

其三

念起念觉勤躬行，违和疼来再观空。
虚实自有相生法，渐觉体随真念通。

其四

九转疼痛湿衣衫，经历如过生死关。
最忌半途萌退意，挺过又是一重天。

二〇一七年十月十八日

宫暖暖满岁纪念

日月转复回，暖暖迎满岁。
抓周承古风，扶栏走初会。
牙牙喧稚语，陶陶心已醉。
期许翔万里，思家翩翩归。

二〇一七年十一月二日

母亲节的思念

驾鹤仙游三十秋，肝肠寸断思悠悠。
老来愈觉慈母慧，无言身教自带头。
德润家风幽香远，恩泽后辈江水流。
沧海有尽情无尽，千古离别千古愁。

二〇一七年五月十四日

清平乐　青海行

初上高原，送目天湛蓝。共工砥柱倾东南，成就三江渊源。

车驰起伏峦峰，偶现牦牛穿行。远处毡房点点，碧野缀白分明。

二〇一七年七月十八日

日　月　山

车过日月山，地界分两边。
东为黄土坡，西入藏高原。
文成曾驻足，神话代代传。
藏汉交流史，凭吊思先贤。

二〇一七年七月十八日

贺侄女读研作诗四首

其一

百草枝蔓遍野生，雪莲绽放在珠峰。
年少便有冲天志，耕耘非是一日功。

其二

问学不仅求知识，为医俗病尚可期。
兰花冰洁幽香远，翠竹凌空根有基。

其三

鲲鹏扶摇九万里，燕雀蓬间安可知。
妙高峰上离名相，非关文字登天梯。

其四

百尺竿头虽为难，圆融无碍贵平凡。
来人若问斯何意？理在身后事在前。

二〇一七年八月十八日

水调歌头　外甥女赴港求学

金风入青云，南国再登攀。鲲鹏展翅凌霄，更上一重天。不屑俗务平庸，寄志家国情怀，望齐有先贤。夙立凌云志，香江定折冠。

为求学，孑然身，离家园。饮餐起居，忙碌无暇难周全。巧妙筹划劳逸，心态从容如磐，快乐值万钱。预祝业成时，阖家庆凯旋。

二〇一七年八月十九日

古渡廊桥遐思

思　　旧

千载送别渭水滨，古渡摇橹倍艰辛。
一河阻隔滞千里，折柳难表离情深。

抚　　今

秦风秦韵气势弘，廊桥飞架南北通。
闲庭信步人如织，临水凭栏唱大风。

血　　脉

秦风阁里扬秦声，诗文润心贵传承。
三秦自古帝王都，一川渭水蕴民情。

天　　籁

滔滔激流终向东，九州重振汉唐风。
渭水见证沧桑雨，秋高静听天籁声。

二〇一七年十月六日

采桑子　重阳

霜临苍穹旷益清，花竟凋零。叶也凋零，菊对秋寒笑一声。

把酒言欢聚重阳，喜自亲情。乐亦亲情，岁岁金秋醉相逢。

二〇一七年十月二十八日

寒　露

秋深雨绵绵，渭城亦趋寒，
亲人嘱添衣，天凉心益暖。

二〇一七年十月八日

霜降湖畔即景

疏枝动微风，洒洒飘落英。
黛绿杂枯黄，鸟喧闲客听。
乾坤布肃气，渭水去无声。
万物何所寄？然然待隆冬。

二〇一七年十月二十三日

闲语轩落成

冬至阳复还，双候逾新年。
陋室从今启，客聚闲语轩。
龙虎酝风云，类分各有缘。
雅谈脱尘俗，中庸本平凡。
说妙非幽暗，大道亦自然。
菩提离名相，俱在方寸间。
清言及棒喝，便宜无门关。
桃源何所居？归去自耕田。
未改旧行履，又是一重天。

二〇一七年十月三十一日

冬日初雪遐思

三更倾银河，玉洁满苍穹。
九州覆尘霾，甘霖润旱情。
迟迟仍为爱，洒洒数寸盈。
要问花世界，冉冉待春风。

二〇一八年一月五日

立　春

雪融春意萌，万物舒懒慵。
早闻庭院里，喧雀议东风。

二〇一八年二月四日

祭　灶

厨净炊洁无烟尘，家家今日祭灶神。
玉皇虽管人间事，勤劳方为不二门。

二〇一八年二月八日

清平乐　戊戌春节

戊狗旺春，绿萌景物新。旧岁新月子时分，相续遂成古今。

阖家除夕团圆，守岁方为过年。民俗积淀千载，传承愈觉不凡。

二〇一八年二月十五日

守　岁

旧岁新月转未停，屈指六十盈五翁。
相忆壮岁气犹豪，杯频畅饮走千盅。
年夜亲情浓于水，喧语闲聊俱心声。
莫思江湖多风雨，且共晓日醉春风。

二〇一八年二月十五日

登上海中心大厦有感

才于咸阳过除夕，又飞申城踏青枝。
登巅入云盈千丈，俯视苍茫楼宇低。
见证百年一江水，春潮涌动侬先知。
放眼长空九万里，东风神州自可期。

二〇一八年二月二十八日

二　月　二

东风化雨起飞龙，神州遥在画中行。
一国春色关不住，期许花海满苍穹。

二〇一八年三月十七日

惊蛰遐思

普天一声雷，春意满苍穹。
桃红寒已尽，柳翠暖复生。
风动布新气，潮涌立岸听。
社稷民为贵，盛世在践行。

二〇一八年三月五日

清平乐　“三八”节

居家岁月，操持赖巾帼。爱的港湾笑语多，无斯情何以说。

平凡蕴含伟大，自古母仪天下。国盛有赖家风，华夏思尊女娲。

二〇一八年三月八日

咸阳古渡遗址

残锚深埋渭水滨，阅尽兴亡几浮沉。
临流不见汉唐客，古渡堤柳正三春。

二〇一八年四月十五日

沉　　思

寒食清明两相临，几人追究喻起因？
祭祖感恩追思远，更凭气节蕴精神。

二〇一八年四月五日

晚春湖景遐思

绿深林叶盈黛色，清辉水天动碧波。
莫叹落红随春去，夏日荷花满湖泊。

二〇一八年五月二日

登清渭楼

闲来新游清渭楼，昔日风光无处求？
如溪渭水涓涓细，似雾尘霾淡淡忧。
送目满街车如梭，犹缺清丽扮古都。
共遣银河倾天雨，永润三秦翠千秋。

二〇一八年五月

妻生日寄远

风清漾童趣，山绿忘贵庚。
鹤发心未老，六六身犹轻。
半生多霜雨，犹如沐春风。
年来回首望，云霭化彩虹。
熊① 暖膝前绕，不羡浮世名。
顺逆风前柳，挺拔崖口松。
牡丹邀富贵，清水透芙蓉。
鹤鸣与雀喳，品异道不同。
尘世俱喧嚣，汝爱修梵行。
神凝气更爽，久久定为功。
心闲体愈健，眉舒气自平。
东篱醉夕阳，吾更重晚情。

二〇一八年五月二十四日

注：①熊：作者孙。

读《齐物论》偶成

莫论是非惹闲愁，勘破一指万事休。
滔滔渭水东流去，谁记五陵睡王侯？

二〇一八年五月二十八日

“六一”寄语

清风习习，旭日东临。佳节复至，寄语情深。
志应远大，思堪凌云。珍惜少年，书友诗魂。
刻苦攻读，恒贵认真。涵养情操，磨炼稚心。
未虑功业，先学做人。诚字为本，仁义内存。
信方自立，孝重感恩。不为物役，淡薄玉金。
懒慵是患，蹉跎光阴。经风历雨，强魄健身。
不囿一器，百技成林。穷理尽性，博学多闻。
爱怀四海，智纳乾坤。风度翩翩，自有知音。

二〇一八年六月一日

鲲　鹏　志

——橘子洲观主席雕像有感

横眉向天穹，怒发迎疾风。
清眸透深虑，双肩似铁凝。
激扬新文字，夙愿为苍生。
逆水遏飞舟，一世更践行。

二〇一八年七月

三　湘　行

盛夏中南行，青霭醉芙蓉。
韶山遂夙愿，长沙览新城。
师范开先气，岳麓承古风。
盈盈三江水，更喜有高朋。

二〇一八年七月

暑热喜雨

骤雨不长驱暑烦，浮尘洗净映天蓝。
蝉鸣莺唱争欢跃，风拂垂柳自悠闲。

二〇一八年八月一日

初　秋

疏雨已歇林碧妆，热风微爽醉夕阳。
莫叹众芳逐春去，霜浸红叶韵味长。

二〇一八年八月十三日

鹊桥仙　七夕

云牵碧霄，星缀锦绣，苍穹耕织昼暮。神仙眷侣长厮守，鹊桥会、春风一度。

情语旦旦，朝夕陌路，而今忠贞谁顾。天上一日世一秋，笑人间、唏嘘无数。

二〇一八年八月十七日

颂　昆　仑

——九月九有感

神州有昆仑，擎立天地间。
脊梁沐风雨，魂魄入云端。
肩宽扛日月，气豪冲九天。
俯视群山小，造化斯为先。
风和万邦喜，雷霆鬼胆寒。
八风撼不动，身硬似铁坚。
上天赐华夏，沧海若许年。
乾坤均凉热，九州绿如烟。
四海升平日，笑立白云巅。

二〇一八年九月九日

满江红　教师节随感

金风送爽，遍校园、桃李祝愿。千载来，授业解惑，师道尊严。一统血脉赖斯承，有教无类仰圣贤。文明续、求索开新篇，待师传。

众园丁，俱平凡。恩德厚，高于天。启学子航向，昭示峰巅。三尺讲台廓宇宙，六合无遗赋笔端。浩然气、盈四极八荒，方寸间。

二〇一八年九月十日

水调歌头　中秋

河汉横碧空，银辉透苍穹。嫦娥遥巡天际，邈邈九万顷。璀璨帷幕缀锦，浮动恒星幽明，宇宙深处行。浩瀚期无尽，岁岁今相逢。

生有涯，思无限，望长空。素洁冰清，事如玉盘浑然成。日月生生不息，造化绵绵无穷，大音俱希声。天高秋意远，遐思起长风。

二〇一八年九月二十四日

蝶恋花　结婚四十一年纪念

又逢初结连理日，摇曳秋菊，款款俱情意。金风红叶惹思绪，岁月悠悠终不弃。

春晖霜雪勿追忆，珍视当下，且将烦恼闭。心空触眼皆风趣，方寸无疆纳天地。

二〇一八年九月三十日

浪淘沙　秋实

二弟生日纪念。

庭院闻桂花，岁月如沙，欲攥还流霜染发。秋实已解平生意，不屑喧哗。

方寸蕴彩霞，天地为家，闲聚小酌话桑麻。金戈铁马身外事，静品好茶。

二〇一八年九月三十日

登　华　山

奇峰天下险，突兀刺云端。
壁立盈千丈，缆车跃九天。
凌空渡山海，扁舟荡心寒。
幼松嵌裂缝，衰草覆剥岩。
嶙峋卧巨兽，幽谷渺如烟。
重峦腾碧浪，白云俱悠闲。
身峰天愈近，手触摘星还。
苍穹无寒暑，人世历经年。
烦忧天地促，境虚方寸宽。
邈邈寄神思，悠悠自心安。

二〇一八年十月三日

满江红　幼松

摇曳多姿，舞东风，经日欢笑。沐甘霖，春光呵护，四季熏陶。长成犹嫌日月慢，风发欲将崖柏超。思高耸，必根扎大地，入云霄。

摇一摇，舒稚腰。踚一踚，三丈高。期天地冶炼，风雨铸浇。参天始觉峰高低，入云方悟世昏晓。堪大用，齐经济家国，一肩挑。

二〇一八年十月四日

第二部分　仲言诗词

感　悟

观看CCTV—4播放的《伟大的历程——纪念改革开放30周年》七集纪录片后，感触很深。回想自己在喀麦隆工作的六年，真是思想不解放，跟不上形势。经营工作采用的是市场方式，而生产管理和项目实施仍采用大锅饭的方式，这是造成这几年不景气的一个主要原因。写打油诗一首：

改革数载神州变，斯人伟绩书画卷。
风起浪涌竞百舸，春雷轰鸣震九天。
观念陈旧束思维，计划模式步蹒跚。
而今醒悟犹未晚，老骥伏枥对青山。

二〇〇八年十一月　于赤几马拉博

到赤几艾比比因城

同为鸡鸣三国城，此地风景使人惊。
住宅靓丽片连片，车道宽阔灯映灯。
天赐石油一夜富，茅屋琼阁恍梦中。
虽靠资源已脱贫，升华非是一日功。

注：艾比比因是赤道几内亚的边境城市，连接喀麦隆和赤道几内亚。

巴 塔 城 貌

几内亚湾海水蓝，巴塔景色惹人恋。
琼楼玉宇座座起，旧房破屋间间迁。
十年宏伟锦绣图，一朝起步快马鞭。
打造非洲旅游艇，追赶欧洲看明天。

注：巴塔是赤道几内亚的陆地城市，也是赤道几内亚的陪都，赤几政府提出计划用十年时间打造非洲旅游城市。

参观巴塔新区有感

新区建设规模大，塔吊林立工地多。
数栋楼房连成片，各类建筑造型特。
仔细打听方知晓，鲁班传人献技策。
夜以继日速度快，众人竖指唱赞歌。

忆秦娥　雨夜

万籁寂，狂风骤起雨珠急。雨珠急，转瞬即逝，又入梦里。

大西洋里捕章鱼，黄土高坡逮蛐蛐。逮蛐蛐，懵然睁眼，人在赤几。

二〇一〇年四月三十日　于赤道几内亚

如梦令　西部非洲

自然环境

人黑云白天蓝，山清水秀花妍。极目雨林尽，郁郁葱葱满片。满片，满片，恰似林海绿原。

人文生活

杧果油梨香蕉，木瓜番薯面包。随手可采摘，田野水果香飘。香飘，香飘，无须为食烦恼。

注：面包为当地一种面包树的果实。

气候情况

半载电闪雷鸣，半载无雨风轻。一年分两季，三十恒温不冷，不冷，不冷，着衣只为本能。

注：热带雨林地区常年温度在30°左右。

二〇一〇年五月六日　于喀麦隆

如梦令　夜行

晚上从杜阿拉回首都雅温得，车内一直播放秦腔唱段，遂有感而发。

玉兔漫步星空，四野万籁寂静。车飞树亦动，窗内秦腔声声。声声，声声，恰似身在关中。

二〇一〇年五月十一日　于喀麦隆雅温得

忆秦娥　非洲抒怀

赤日炎，脚手架上汗洗面。汗洗面，蚊虫叮咬，疟疾霍乱。

飞渡关山万重艰，驰骋非洲创新天。创新天，关中汉子，几内亚湾。

二〇一〇年六月六日

写于中国援建喀麦隆农业示范中心项目工地。

观诗有感

2010 年 7 月，在喀麦隆南加农业示范中心项目的办公室，看到墙上贴有陶渊明“采菊东篱下，悠然见南山”的诗句后，有感而发。

采菊东篱见南山，陶公名句千年传。
自古逆境思故乡，未见顺升忆家园。
红尘如云俱过客，名利乃幻勿障眼。
出家入世本相同，明白须待花甲年。

二〇一〇年七月六日　于喀麦隆雅温得

自　　嘲

和同学闲谈，说起从 1974 年中学毕业后各自的情况，总结如斯。

十四入团，十八入党，二十抛舍农桑。学技工地，充电课堂，而立仗剑四方。

地中海里击水，太平洋上迎风，大西洋上对太阳。

几番憧憬，几度拼搏，几次梦里家乡。老骥伏枥，夕阳青山，站好这班岗。

二〇一〇年七月十三日　于喀麦隆

菩萨蛮　赤几马拉博

来赤道几内亚准备商签项目施工合同，在宾馆等待消息。站在阳台放眼远方，看到山川墨黛，白云漂移，近处椰树梢上一群金黄色的小鸟嬉戏，马路上汽车穿梭不断，想到近年的情况，遂有感而发。

远眺黛山白云飘，椰树枝梢栖黄鸟。路上车行急，盼归心虑焦。

几番言以妥，三载未见果。如今诸事完，期待尽欢颜。

二〇一〇年八月十七日　于赤道几内亚

聚　餐

2010 年 10 月 16 日晚，与喀麦隆中资公司经商处、新华社的朋友一起在喀麦隆雅温得的“田园酒家”聚餐，席间大家凑诗，进行整理修改如斯。

田园有美酒，无意醉宾朋。
好友八九位，佳酿六七瓶。
千杯意未尽，万盏话苍穹。
唯觉故乡远，思念待梦中。

二〇一〇年十月十六日　于喀麦隆雅温得

再返赤几

再一次来到赤几，晚上住在赤几边境城市艾贝比因，想起这几年对赤几项目的追踪情况，有感而发。

几番到赤几，心中颇不平。
三载亦拼搏，一果未显呈。
症结应查找，策略需调整。
愚公移山志，终会前途明。

二〇一〇年十二月五日　于赤几

游　林　贝

与农业示范中心检查组到林贝，途中看到香蕉林、橡胶林、棕榈林，又登上喀麦隆火山，眺望大西洋。有很多喀麦隆游客和欧洲游客在游泳，遂有感而发。

故乡朋至喀麦隆，假日驱车林贝行。
橡胶香蕉棕树绿，黑沙蓝船屋顶红。
大西洋水波涛涌，火山之巅云雾腾。
女子堆沙水边嬉，银雀黄鸟花丛中。

二〇一〇年五月三十日　于喀麦隆雅温得

注：喀麦隆林贝是世界上少有的黑沙滩之一。

浣溪沙　游尼永河

2011年5月8日，与朋友一起到姆巴尔马尤的尼永河游览，乘独木舟看两岸热带雨林风光。参观了据说是世界上最古老的、树龄1165年的大树，中午吃了非洲餐，实乃幸事。

独木小舟行水面，热带雨林映两岸，千年大树比墙宽。

西瓜树下存笑容，茅草棚中非洲餐，最难好友相聚欢。

二〇一一年五月十三日　于喀麦隆

注：西瓜树是当地一种植物，果实样子像西瓜，实为葫芦科植物，不能吃。

端　午

粽子油糕雄黄酒，龙舟艾叶离骚赋。
华夏诗人有屈原，汨罗江水千年流。

二〇一一年六月六日　于喀麦隆

女儿出嫁有感

二十八载恍惚间，亭亭玉立讲台前。
更喜觅婿杏林院，天伦之乐不羡仙。

二〇一〇年六月六日　于喀麦隆

参观卢旺达医院

2011 年 6 月 10 日，到卢旺达首都基加利参观由我总公司承建的中国援助的卢旺达马萨卡综合医院项目有感。

东非大地，黄土高坡。相距万里，远隔山河。
三秦儿女，舍家为国。建造医院，担负重托。
克服困难，辛勤工作。二载流汗，喜结硕果。
鲁班工艺，呈现异域。中非友谊，永载史册。

二〇一一年六月十日　于卢旺达

清平乐 游东非野生动物园

天色微明，憧憬催急情。风驰电掣三百程，阅尽草原美景。

树旁斑马匆匆，绿地大象闲行，羚羊猕猴野牛，急窜隐遁曲径。

二〇一一年六月十三日 于卢旺达

上网闲趣

更长夜阑寂静，月映窗外飞萤。
未见佳人赴约，无奈玉兔西行。

二〇一一年六月十六日　于喀麦隆

父亲节收到女儿问候有感

未见日月走，两鬓已染霜。
小女为人母，外孙戏满床。

二〇一一年六月十九日　于喀麦隆

贺好友“糊涂娃”生日

五十四载一瞬间，糊涂与否已释然。
地中海边留倩影，太平洋上嬉游船。
人生如梦太匆匆，幸福憧憬乐天天。
不羡神仙活百岁，祝你八十似青年。

二〇一一年七月三十一日　于喀麦隆

观留言壁有感

到中国援喀麦隆农业示范中心，看到某公司人员在院中的照壁墙上做了一个“足迹”留言壁。参加该公司创业的所有人员都留下几句话，对自己在喀麦隆工作期间的感受，进行了抒发。感情真挚，感受颇深，遂赋诗一首。

满壁肺腑语，字字真情现。
华夏有儿女，非洲历磨炼。

二〇一一年八月六日　于喀麦隆

给女儿、女婿一副对联

平平淡淡做郎中除疾治病以人为本
安安稳稳当老师教书育人天道酬勤

二〇一一年八月八日　于喀麦隆

赠喀麦隆孔子学院小彭老师

江南巾帼才志高，思维敏捷须眉超。
非洲之行经历练，鲲鹏展翅冲云霄。

二〇一一年九月七日 作于喀麦隆

生日抒怀

今天是我五十五岁生日，“五十知天命，六十为花甲”。想想从二十八岁开始漂泊海外工作，已经快30年了，时光如梭，光阴似箭，世事变迁，沧海桑田。

天命花甲已行半，霜染鬓发颜容淡。
一海两洋三十载，二洲五语衣渐宽。
故国明月院中近，异乡鸿雁云边远。
繁星闪烁思情浓，清风伴我入梦间。

二〇一一年八月二十一日 于喀麦隆

注：“一海两洋”和“二洲五语”指的是我曾工作过的地方。一海为“地中海”；两洋为“太平洋和大西洋”；二洲为“亚洲和非洲”；五语为英语、法语、葡萄牙语、西班牙语和阿拉伯语。

非洲中秋感怀

在非洲喀麦隆雅温得，中秋之夜，天空中几片薄云飘飞，月亮时隐时现，不由使人想起“海上生明月，天涯共此时”“独在异乡为异客，每逢佳节倍思亲”，感怀油然而生。

又逢中秋夜，玉盘挂天边。
月光透姣影，清风添思念。
漂泊飞万里，乡愁入心间。
举杯祝亲人，千里共婵娟。

二〇一一年九月十二日　于喀麦隆

中秋问候短信

中秋之时，收到家乡亲人和朋友问候短信，回复如斯。

故乡短信到此间，电波捎来问候言。
烦劳明月代探望，遥祝家乡亲朋安。

二〇一一年九月十二日　于喀麦隆

雨后看雅温得市貌

雅温得地处喀麦隆中部，属于热带雨林的丘陵地带，到处植被茂密，郁郁葱葱。雨后，站立在雅温得蒙菲贝山上看城市景色，天空中漂着雾气，座座楼房好似绿色海洋中的一个个扁舟，别有一番景象。有感而发，赋诗一首。

七子之山云雾漫，四菜一汤隐约现。
热带雨林绿色海，谁人泛舟烟波间。

二〇一一年十一月　于喀麦隆

注：1. 喀麦隆首都雅温得城由七个小山包组成，被称为“七子之山”。2. 有人把雅温得城市景点总结为“四菜一汤”。即：喀麦隆会议大厦（雅温得最大的建筑物）、杧果厅（像杧果样式的一栋建筑）、海螺塔（像一个旋转的海螺造型雕塑，实际为喀麦隆团结独立纪念塔）、梦菲贝宾馆，以及雅温得湖。

贺圣朝 相聚喀麦隆

2011年11月5日，部分在喀麦隆的中资企业负责人齐聚田园餐厅，共谋发展大计，遂有感而发。

满斟美酒庆相逢，聚会喀麦隆。十分缘分千分情，更万分激动。

华夏神州，数万龙种，非洲竞驰骋。试看明朝环宇内，唯我中华雄。

二〇一一年十一月六日　改于喀麦隆

人生处世的十六字箴言嵌入诗

清净心底念，无为世事淡。
柔弱流水静，不争凡尘先。
抱一平常心，寡欲名利权，
自然随境处，玄妙在心间。

二〇一一年十一月十五日　于喀麦隆

贺喀麦隆华人协会对联

为2012年在喀麦隆中资企业和华人华侨新年联欢会送一副对联。

明朝更好

为祖国利非洲华夏儿女海外辞旧岁

做项目创市场中华龙人异国迎新年

二〇一二年一月一日　于喀麦隆

清明诗二首

其一

又是一年清明近，异国未见雨纷纷。

炎黄子孙皆祭祖，踏青扫墓劳家人。

二〇一二年四月二日　于喀麦隆

其二

现在是喀麦隆旱季，在这个季节本应该是没有雨的，可是在今天早上却淅淅地下起了小雨，仿佛也在呼应故乡的清明节啊。

热带雨林旱季天，此时本无雨绵绵。
谁想游子皆祭祖，感动老天落珠帘。

二〇一二年四月三日　于喀麦隆

夜　思

一阵清风起，二片窗帘迎。
玉兔房檐走，倦鸟树梢静。
远处灯火阑，邻家犬吠停。
夜深人未寐，辗转天渐明。

二〇一二年四月十二日　于喀麦隆

吾妻生日

农历三月十八是我夫人五十四岁的生日，作小诗一首，以示祝贺。

阳春三月逢华诞，往昔岁月如影现。
酷暑锄禾汗滴土，寒冬排版倦夜阑。
随夫周游非洲地，与女同住长安间。
更喜外孙膝下嬉，何论昨日辛与酸。

二〇一二年四月八日　于喀麦隆

喀麦隆国庆观礼花

今年5月20日是喀麦隆国庆40周年，夜晚窗外礼花绽放，遂有感而发，作小诗一首，以示祝贺。

窗外礼花耀夜空，五颜六色斗奇争。
一花高过一花炫，二声未停二声鸣。
城市彩妆迎佳节，百姓欢颜赞太平。
海外拓荒心甚慰，盼望环球永安宁。

二〇一二年五月二十日　于喀麦隆

随　　想

近几日晚上睡眠不好，突然想到已经在非洲工作几十年了，这次到喀麦隆也马上十年，不知要工作到何时？遂乱写一首小诗。

多年漂泊近花甲，苦乐伴我走天涯。
苏武牧羊有穷期，何时长安望雁塔。

二〇一二年六月八日　于喀麦隆

贺“神九”

神九远飞向天宫，探视嫦娥又返程。
华夏儿女游寰宇，浩瀚太空留倩影。

二〇一二年六月十六日　于喀麦隆

说　屈　原

官至闾大夫，呕心图楚强。
命舛屡放逐，魂归汨罗江。

二〇一二年六月二十三日　于喀麦隆

无　　题

世界本多彩，红尘实无奈。
灵魂归哪去？身从何方来。
虽说心生境，妄念怎跳开。
佛祖早言告，明白非明白。

二〇一二年八月二十一日　于喀麦隆

七　　夕

今天看了一则笑话，说：天上一天，人间一年。也就是说，牛郎织女实际是在天上每天约会，只是告诉人间众生，约会应该一年一次。

牛郎织女在天边，日日相聚银河间。
人间男女盼七夕，葡萄架下羡神仙。

二〇一二年八月二十三日　于喀麦隆

雨　　冰

2012年8月24日16点，雅温得天空霎时黑云密布，电闪雷鸣，雨点夹杂着黄豆大的冰雹倾盆而落。持续约一个小时，造成市区多处水淹路断，主要路口全部堵死，直到18点，出行仍不畅通。

乌云玩墨青遮天，雷公舞剑电光闪。
天女散花珠满地，车辆行人路不前。

二〇一二年八月二十五日　于喀麦隆

贺华为机房竣工

我们施工的华为油机房项目历时7个月完成了，这是我们在喀麦隆与华为合作的第一个项目。希望双方的合作进一步扩大，越做越好。

华山华为皆华夏，国企民企实同家。
叱咤五洲鏖四海，携手腾飞兴中华。

二〇一二年九月八日　于喀麦隆

中　　秋

今天是中秋节，也是星期天，雅温得上午8点多就停水停电了。中午同仁聚餐，遂有感而发。

中秋之日，停水停电。饭虽能吃，影不能看。
网同虚设，无法聊天。同仁相聚，把盏言欢。
借酒抒情，共话聚缘。相逢非洲，共苦同甘。
遥祝家人，幸福康健。也祝各位，开心平安。

二〇一二年九月三十日　于喀麦隆

中秋节与朋友和的几副对联

几番离别泪暗垂，远渡重洋，满载憧憬，独在异乡为异客
今夜月明人尽望，海外游子，心系故土，每逢佳节倍思亲

烤鱼烧肉庆中秋，异乡望月，游子难忘故土情深
远渡重洋创佳业，天涯漂泊，赤子常念家乡月明

青山坐待娉婷月
绿水欢腾艳阳日

浓云密雾，倦鸟巢栖乡情近
淡月疏烟，燕子楼空云梦远

风起云生，谁掀东海滔天浪
摩拳擦掌，吾辈南国建功业

二〇一二年九月二十二日　于喀麦隆

中秋感怀

斗转星移又一年，非洲大陆望玉盘。
故乡明月照孤影，异国清风拂素颜。
关山万重阻佳节，村旁小河云梦间。
对酒赋笺话万里，相思两地共婵娟。

二〇一二年九月二十六日　于喀麦隆

壬辰年生日

夜暮晚风寒，残月照窗帘。
多年行万里，莫论难与艰。
诸事众友助，勤勉心甚安。
闲看花开落，漫随云舒卷。

二〇一二年十月六日　于喀麦隆

贺大哥生日

再过几天就是大哥59岁的生日，作诗一首祝大哥生日快乐。

恰逢兄华诞，遥祝比南山。
少小父任重，经年时光艰。
群雁三地栖，头翎燕赵间，
渭水日夜流，呼唤归长安。

二〇一二年十月七日　于喀麦隆

无　　题

平生唯好动，万里飞关山。
炙灼赤道地，湿闷雨林天。
忙碌乃生计，暇闲遣诗篇。
天涯有几友，偶酌小酣欢。

二〇一二年十月二十一日　于喀麦隆

小女生日

金风送千金，转眼而立年。
佳婿状元归，外孙开口甜。
育苗南学地，济世杏林院。
遥祝生日好，美满幸福伴。

二〇一二年十月二十八日　于喀麦隆

庆祝“十八大”召开

嘉兴南湖舟，风雨九十年。
人民为宗旨，大同乃风帆。
激涌淘沙砾，巨浪拍桅杆。
胸中有百姓，何惧征途艰。

二〇一二年十一月二十日　于喀麦隆

赠吴参

吴参赞离开喀麦隆到加蓬担任参赞，在留言簿上留言如斯。

出使非洲霜染发，呕心沥血沃华夏。
中喀合作浪潮涌，更祝加蓬遍地花。

二〇一二年十一月三十日　于喀麦隆

诗　二　首

其一

都说地球大，我看世界小。
卅载未相见，海外遇故交。

其二

泰山华山五岳同，为国舍家非洲行，
相识结交赤道地，携手共闯喀麦隆。

二〇一二年十二月十七日　于喀麦隆

贺圣朝　故乡传福使者到喀麦隆

2011 年 12 月 20 日，陕西电视台《传福使者 远赴五洲》栏目组来到喀麦隆首都雅温得，送来祖国的问候和故乡亲人的祝福，遂有感而发。

故乡亲人到非洲，传送“长安福”。雁塔祈愿鸣四海，大爱献寰球。

三秦儿女，赤道泪流，心系黄土地。遥祝家乡亲朋好，祖国更锦绣。

二〇一二年十二月二十三日　于喀麦隆

感叹诗两首

其一

漂洋过海何为家，寒来暑往度年华。

故国明月异乡雨，流云三片两眼花。

其二

霜发淡容呕心血，闯荡非洲叹蹉跎。

廉颇老矣力不及，伟业期待后浪波。

二〇一三年四月十日　于喀麦隆

喀麦隆国庆

5月20日是喀麦隆国庆，夜晚天空礼花绽放，耀眼夺目，非常漂亮，看到此情此景，而我们的事业却没有大的发展，故有感而发。

风轻繁星闪，礼花耀夜阑。
异乡逢佳节，漂泊又一年。
感叹时光匆，自惭业微浅。
但愿天酬勤，今朝开新篇。

二〇一三年五月二十二日　于喀麦隆

祝贺喀麦隆孔子学院成立五周年

混沌开辟分五洲，四海阻隔少交流。
为求天下大同景，龙文使者遍全球。

二〇一三年五月二十一日　于喀麦隆

十六字令　路

路，强国富民其为首。
古往今，志士多探求。
路，穿行荒漠与河流。
汗水洒，天堑变通途。
路，华夏神州到非洲。
天行健，龙人骋全球。

二〇一三年五月二十一日　于喀麦隆

贺“神十”胜利返回

太空巡游半月天，探索浩瀚宇宙间。
上行火箭下行伞，惊叹玉帝和众仙。

二〇一三年六月二十六日　于喀麦隆

贺喀麦隆农业示范中心移交签字

夏商开耕近万年，科学种地千斤田。
为使寰宇皆温饱，非洲遍布农科园。

二〇一三年七月十九日　于喀麦隆

欢迎陕西农业代表团

腻听赤道木鼓咚，忽闻乡音秦腔声。
纵使酣酩醉卧地，胜似夜阑独愁醒。

二〇一三年七月十九日　于喀麦隆

癸巳年生日

大家晚上在一起聚餐，说是祝贺我生日，实则朋友相聚，此乃幸事。

感叹岁月匆，转眼癸巳年。
故乡日正酷，非洲月亦寒。
漂泊几十载，枝发叶数片。
天邦好友助，期待花烂漫。

二〇一三年八月二十一日 于喀麦隆

思家有感

闻最小侄女考上大学，想起家庭多年的往事，感慨良多，遂有感而发。

渭水北岸咸阳原，氏族几代居有年。
清末大旱连荒月，兄弟乞讨滞此间。
苦心劳作历苦难，置业安定解放前。
树大分枝为三户，各自勤劳自耕田。
老大共有三儿女，长子养育八只雁。
五儿三女皆顺孝，嬉戏童年犹怀念。
子多年幼倍艰难，偏逢父病逝英年。
命途多舛不认输，岁月艰辛志愈坚。
齐心协力度日月，各自撑起一片天。
八雁繁衍成八户，相互帮扶人称赞。
大儿神州多处行，世事艰辛俱尝遍。
忍辱负重有恒志，事业终成燕赵间。
二儿最远飞万里，周游世界非洲天。
阅尽天下趣闻景，广交朋友四海边。
三儿南国抗越寇，傲视枪林弹雨间。
伤后工作益出色，为国为家耀祖先。
四儿创业最优秀，春江水暖其为先。
可叹英才病早逝，十年眼泪犹未干。

只有五儿小贪耍，四十过后学识添。
易经文化最喜爱，天地都在一掌间。
长女很早挺家事，里外操持母靠山。
福报又得儿女全，精明能干女中男。
二女吃苦为最多，历经坎坷犹未然。
恒心闯出新天地，欣慰三子俱成年。
唯有小女杰中杰，事业有成人称贤。
提携后辈福泽深，鲤鱼龙门溯本源。
斗转星移几十载，回首往事一瞬间。
祖辈恩德泽后世，方有今朝天地翻。
感恩之心需常有，莫忘创业万般难。
齐心自有冲天力，一人之量难移山。
情系天下心量大，志存高远眼界宽。
晚辈多已长成人，切勿空耗度流年。
自小应抱凌云志，俯瞰群峰若等闲。
更要双脚踏实地，从来伟大寓平凡。
铭记氏族奋斗史，阖家共勉学先贤。

二〇一三年八月二十二日　于喀麦隆

参观林贝体育场

喀麦隆林贝体育场是由中国机械工程公司承建的一所大型综合体育场馆，主看台建筑高几十米，坐落在喀麦隆火山西山脚下，宏伟壮丽。这里是世界降雨量最多的地区，年降雨量达到11000毫米，雄伟的体育场像漂浮在云雾中的琼楼仙阁。赋诗一首：

火山西麓大洋边，琼楼玉宇云雾间。
半是汗水半是雨，亚洲巧匠非洲天。

二〇一三年八月二十五日　作于林贝

中秋望月二首

9月19日是癸巳年中秋节，漂泊海外多年，在外已经度过了多个中秋节。今年仍在非洲过节，看到天空那圆圆的月亮，思乡之情油然而起，赋诗二首，以聊此时此情。一首伤感，一首欢快，表达了此刻矛盾的心境。

其一

月到中秋分外近，每逢佳节倍思亲。
谁人知晓流浪苦，岁月铭记游子辛。
骄阳炎日未觉暖，月缺月圆泪沾襟。
此月此时此地景，独照天涯沦落人。

其二

中秋未见故乡天，金风送月到窗前。
月饼清茶家中味，菜肴美酒异国餐。

天涯漂泊乃生计，为国为家使命担。
邀月一同度佳节，千里相思共婵娟。

二〇一三年九月十九日　于喀麦隆

贺大哥六十花甲

农历九月初七是大哥六十岁的生日。他于1972年参加工作，从故乡咸阳开始，先后在镇江、深圳、上海、涿州等地方工作，最后在北京退休。从一位普通工人起步，工作、学习、努力、拼搏，成了一位管理者，奋斗到处级退休，也算事业有成。赋诗一首，祝生日快乐！

少小离家渭水畔，霜染鬓发花甲诞。
足迹九州漂泊苦，数载自强恒心坚。
沐浴春风珠江口，收获硕果燕赵间。
故乡也有菊花黄，遣诗文墨看南山。

二〇一三年九月六日　于喀麦隆

忆秦娥　夜战

三更半，灯火阑珊人未眠。人未眠，挑灯夜战，再鏖几番。

十载磨剑求刃尖，一朝拼搏奋争先。奋争先，华山论剑，勇攀顶端。

二〇一三年十月八日　于喀麦隆

西江月　儿时记忆

夜晚坐在窗前，看到满天星星闪烁，忽然想到儿时夏秋晚上，兄弟姊妹们在窑洞前的院中，铺上凉席，躺在席上，看着天上的星星，戏耍聊天，互相背诵唐诗宋词的情景。记得初学的几首诗词就有一首是辛弃疾的《西江月》。现套用该词的前两句，填词一首。

明月别枝惊雀，清风半夜鸣蝉。仲秋围坐窑洞前，兄弟吟诗嬉欢。

半百弹指匆过，鬓霜衬映素颜。儿时情景涌心田，异国星斗满天。

二〇一三年十月十七日　于喀麦隆

贺“嫦娥三号”发射成功

嫦娥探月到虹湾，玉兔出宫寻倪端。
华夏千载飞天梦，手可摘星在今年。

二〇一三年十二月十六日　于喀麦隆

贺喀麦隆中资企业协会成立

神州英雄万重山，驰骋五湖四海间。
群龙聚首狂飙起，书写汗青中华篇。

二〇一三年十二月一日　于喀麦隆

自　　嘲

到喀麦隆工作已经十年了，回首往事，思绪万千，自嘲一首。

癸未癸巳十年间，半是汗水半是艰。
路有枪匪屋有蚊，昼伴烈日夜伴单。
茅屋民房度难时，商场酒店接踵显。
天助友邦愧言谢，未曾蹉跎时光迁。

二〇一三年十二月三十日　于喀麦隆

立　　春

春风春雨春意浓，万物复苏绘新容。
人勤春早辛耕耘，从来硕果汗水中。

二〇一四年二月四日　于西安

清　　明

又是一年清明天，华夏踏青祭祖先。
多年海外遥扫墓，再祝家乡亲朋安。

二〇一四年四月五日　于喀麦隆

喀麦隆国庆感怀

窗外礼花映夜空，一花更比一花明。
他国佳节喜气旺，明月清风乡愁浓。

二〇一四年五月二十二日　于喀麦隆

参观海军护卫舰

参观中国第16批赴索马里护航编队“盐城号”和“洛阳号”导弹护卫舰，抵达喀麦隆杜阿拉港口，有感而发。

郑和航海驾木船，沧海桑田数百年。
华夏儿女深蓝梦，喜看导弹护卫舰。

二〇一四年五月三十日　于喀麦隆

甲午年端午节

九歌橘颂离骚赋，粽子雄黄龙舟舞。
汨罗江水千载过，不尽屈原万古秋。

二〇一四年六月二日　于喀麦隆

无　　题

西风美酒二三杯，远方清风伴笛吹。
繁星闪烁夜幕降，天边鸿雁他乡飞。

二〇一四年七月二十七日　于喀麦隆

看电视陕北变化有感

满目叠翠绿，云白天湛蓝。
疑为江南地，今日黄土原。

二〇一四年八月十八日　于喀麦隆

中　秋

金秋桂飘香，人分思念牵。
家家望明月，户户盼团圆。
漂泊乃生计，为国重任肩。
两处八万里，同是一片天。

二〇一四年九月六日　于西安

雨夜中秋

自古中秋望月圆，午马佳节雨绵绵。
嫦娥羞涩隐寒宫，龙王嬉戏舞雨帘。

二〇一四年九月六日　于西安

连　阴　雨

进入农历八月，连阴雨持续，中秋月也没有看见，气象部门预报到下旬还有雨。

太空也有黄金周，日月结伴去旅游。
无奈宇宙天道堵，延迟一周又一周。

二〇一四年九月十三日　于西安

看《封神榜》有感

人神共存舞蹁跹，社稷江山儿戏般。
是非成败早注定，封神仅为把名传。

二〇一四年九月二十八日　于喀麦隆

夜　思

风清月明夜阑，鸟栖蝉鸣人闲。
桌前蚊虫飞舞，心中思绪天边。

二〇一四年十月二十日　于喀麦隆

无　题

云厚风急雨骤，持续半载腻透。
雨旱相替互转，双季年年依旧。

二〇一四年十月二十日　于喀麦隆

注：喀麦隆属于热带雨林，一年只有雨季和旱季两季。

感叹随笔

鼠起猪收又一轮，五圈转罢花甲春。
异乡骄阳未觉暖，故国瑞雪心底温。
创业周游征途远，追梦求知心程近。
江山自有才人出，再领风骚待后君。

二〇一四年十二月二十二日　于喀麦隆

非洲圣诞

又是一年圣诞到，赤道烈日透窗照。
天空未见瑞雪飞，祝福短信手机叫。

二〇一四年十二月二十五日　于喀麦隆

春节有感

午马逍遥游，未羊奋蹄到。
万物发新枝，大地展绿貌。
天暖唤耕耘，人勤知春早。
风清浊气散，林间百鸟闹。

二〇一五年二月十九日　于西安

春分踏青

二月春风飞柳烟，杏白桃红燕呢喃。
袅袅炊烟起村舍，孩童嬉戏放纸鸢。

二〇一五年三月二十一日　于咸阳

清明祭祖

阳春三月柳絮翩，阴雨连绵步蹒跚。
秦汉宫阙五陵地，一片绿苗咸阳原。

二〇一五年四月五日　于咸阳

乙未清明随笔

天气预报说，从4月初到中旬一直有雨，特别说5号清明当天有雨。谁也没有想到，清明当天艳阳高照，黄陵的祭祖和富平的纪念活动在晴朗的阳光下举行，有感而发。

四月清明天，阴雨连绵绵。
海外游子回，故乡亲人欢。
桥山祭始祖，富平忆新贤。
乌云淡淡散，一片晴朗天。

二〇一五年四月六日　于咸阳

无　　题

大漠孤烟渺，黄沙骆驼见。
张骞开丝路，李广固疆边。
匆匆几千载，笔笔汗青赞。
放目望昆仑，雄鹰翱蓝天。

二〇一五年六月一日　写于中亚地区

阿联酋诗二首

阿联酋地处中东沙漠，濒临波斯湾，常年骄阳似火。最热时白天温度高达50℃以上，沙尘来时风沙漫天，闭云遮日，实乃地球上人类无法生存的恶劣环境。当地人常年身着长袍，男服为白色，女服为黑色，男用头巾包头，女用黑纱遮面，延续至今。就是在这样的条件中，由于地下丰富的石油资源，使这里成为世界上最有钱的地方，建成了世界上高楼林立、别墅成群的漂亮城市。特别是阿布扎比的八星级“皇宫酒店”和迪拜的七星级“帆船酒店”，以及828米的“哈利法塔”享誉全球。作诗二首：

过　沙　漠

大漠起狂飙，长空漫灰暗。
热风卷焦土，烈日灼颊颜。
白袍男裹头，黑纱女遮面。
风沙伴骆驼，悠悠数千年。

逛新城

油自地下出，绿从沙丘变。
巨帆矗湾口，高塔入云端。
皇宫耀金碧，琼楼色斑斓。
放眼波斯地，此处羡神仙。

二〇一五年六月二日　于阿联酋

欢聚

初中同学毕业三十年相聚咸阳，遂有感而发。

古人渭城别友远，吾今秦都迎朋还。
南学分别三十载，北原相聚霎时酣。
推杯换盏忆往事，欢声笑语话当前。
劝君更尽一杯酒，共祝夕阳醉青山。

二〇一五年五月二日　于咸阳

端午

古人端午赛龙舟，今人端午皆出游。
古人不知今人事，今人不知古人愁。

二〇一五年六月二十日　于西安

观黄河入陕有感

写在陕西华山国际集团公司市场部开始之际。

北来分秦晋，东去向豫天。
九曲为前行，峰回有路转。
泥沙沉河底，浪花逐水面。
奔流入大海，放眼天地宽。

二〇一五年六月十六日　于西安

随　笔

春风化雨吐嫩芽，夏沐阳光育新花。
金秋硕果挂满树，冬蕴瑞雪待续发。

二〇一五年八月三十日　于西安

沁园春　观庆祝抗战胜利七十周年阅兵

金秋北京，长安大街，旌旗飘飘。看阅兵方阵，竞相亮相，滚滚铁甲，轰鸣火炮。指天长剑，战鹰翱翔，华夏军威士气高。更可喜，有百岁英雄，豪气云霄。

七十时光如潮，使浴火、青史眼前飘。忆淞沪会战，平型大捷；百团出击，台儿庄壕。血战长沙，保卫武汉，驱逐敌寇尽东逃。鉴古今，持克敌神器，何惧鬼妖。

二〇一五年九月三日　于西安

拜谒黄帝陵

华夏始祖在黄陵，年年清明祭祖宗。
吾辈虔诚拜谒去，勿忘黄肤黑眼睛。

二〇一五年九月十八日　于黄陵

游览壶口瀑布

千里奔袭一壶收，澎湃汹涌涛声吼。
腾起白雾冲霄汉，孕育华夏江山秀。

二〇一五年九月十八日　于延安

游览宝塔山

清凉山峰逾千年，往昔只知范仲淹。
自从伟人居此地，世界皆晓宝塔山。

二〇一五年九月十九日　于延安

参观杨家岭

二万五千到延安，回首草地与雪山。
七大确定新思想，巨龙腾飞冲九天。

二〇一五年九月十九日　于延安

参 观 枣 园

枣园院中枣花香，五大书记聚中央。
运筹帷幄定乾坤，驱逐敌寇溃东洋。

二〇一五年九月十九日　于延安

海外游子中秋随想

江南雨，塞外风，戈壁骆驼天山鹰。
北国雪，岭南雾，草原牛羊青藏路。
近处山，远方云，天边鸿雁心中魂。
村头树，院内房，海外游子家里娘。
身上衣，心底话，梦萦魂绕常牵挂。
儿时梦，往昔路，眼前浮现一幕幕。
窗外月，檐上网，满腹思念哽咽讲。
醉离愁，杯中酒，神飞故国任遨游。

二〇一五年九月二十七日　于西安

游蒙古高原

广袤无垠地连天，朔风刺面云低暗。

十月草原牛羊少，游客寥寥几行雁。

二〇一五年十月十八日　于乌兰巴托

参观乌兰巴托成吉思汗广场

黑白鞑靼皆彪悍，成吉思汗蒙古建。

横刀立马携雕弓，一路西扫汗青赞。

二〇一五年十月十九日　于乌兰巴托

游韩国首尔景福宫

上下五千年，南北三千里。
灰檐彰唐风，青瓦显明意。
肤色皆为黄，文化同根系。
怎奈听不懂，原来在高丽。

二〇一五年十一月二日　于韩国

无　　题

未觉时光走，丙申花甲年。

足迹四海地，朋友五洲天。

二〇一六年二月二十日　于西安

故地重游诗三首

到　公　司

苦辣酸甜十三年，故地重游几多感。

门前小路旧模样，院内庭堂新容颜。

卧薪尝胆勤努力，同仁齐心苦奋战。

江山已有才人出，华山辉煌尽展现。

注：华山，乃公司简名称。

聚　　餐

十三酷暑非洲天，故地重游把盏欢。

赤道木鼓叙旧话，家乡美酒添新言。

游览博雅高山宾馆

黛山飘白云，碧海泛绿舟。

座座琼仙阁，博雅火山麓。

二〇一六年三月二十七日　于喀麦隆

丙申清明

清明时节雨唰唰，道黏路滑泥洼洼。
你走我走都在走，踏青上坟观杏花。

二〇一六年四月五日　于西安

诗二首

——参观哈萨克斯坦陕西村

其一

1862—1877年，陕甘部分民众跋山涉水，翻山越岭，来到楚河两岸，安居在如今的哈萨克斯坦、吉尔吉斯斯坦等国，建立了新的家园。这里仍然使用一百多年前的陕西关中方言，也延续着过去乃至现在陕西的部分习俗。参观后思绪万千，感受颇深。

沧海桑田逾百年，秦人异国建家园。
乡音习俗俱如往，村院恰似旧长安。

二〇一六年五月十四日　于哈萨克斯坦

其二

在楚河边的营盘村、新渠村、德国村、稻地村和不拉尔村，居住着一百多年以前从陕甘来此定居的民众，他们会讲陕西话，但不认识汉字，与当地乡党交谈基本无障碍。赋诗一首：

异国喜逢手足，雁塔钟楼可好？
百年乡音如旧，汉字全然不晓。

二〇一六年六月二日　于哈萨克斯坦

贺“长征七号”发射成功

看“长征七号”发射成功，想到嫦娥奔月神话故事有感。

长七游太空，路过广寒宫。
吴刚眝目望，嫦娥翘首凝。
久悔偷灵药，常忆后羿情。
望船思故里，愿乘回家中。

二〇一六年六月二十五日　于阿联酋

和万里牛观荷花画有感

莲藕生泥中，荷花浮水面。
同流不合污，清浊自分辨。

二〇一六年六月二十七日　于阿联酋

庆祝中国共产党建党九十五周年

十月革命炮声达，寒凝大地发春芽。
星火燎原疾风劲，披荆斩棘苦雨洒。
鲜血涂染东方红，汗水浇灌满园花。
国强民富慰先辈，百年再看我中华。

二〇一六年六月二十九日　于阿联酋

海外听秦腔

波斯湾边听秦声，秦声秦韵抒秦情。
秦人异乡闻秦调，秦调勾起秦中景。

二〇一六年七月三日　于阿联酋

阿联酋逢开斋节

今天是2016年穆斯林开斋节，正好在阿联酋出差，赶上这一传统节日，赋诗一首。

经书言封斋，年年一月天。
日出勿饮水，夜幕方就餐。
信徒虔诚守，习俗千载传。
喜看肉孜节，处处笑声欢。

注：肉孜节为伊斯兰教的开斋节。

二〇一六年七月六日　于阿联酋

西江月　天道

参观梁家河有感。

沟坎亲历沧桑，窑洞萦怀夙愿。周秦汉唐数千年，寒灯独伴夜阑。

古今兴衰何因？中外汗青问遍。苍生福祉视为先，华夏社稷如磐。

二〇一六年七月二十三日　于延安

湖边随笔

柳垂影荫伊人静，红鱼三两嬉湖中。
白鹅几只东游去，老叟糟糠逍遥行。

二〇一六年七月三十一日　于西安城市运动公园

如梦令 翻山

塔吉克斯坦境内到处是高山峻岭。主要山脉有天山、阿尔泰山，还有帕米尔高原。我们施工的公路项目，离杜尚别240公里，往返走了12个小时，沿途路况险恶难以想象。回来之后，久久不能忘怀，填词一首。

山峰突兀叠峦，羊肠逶迤惊险。沟壑纵横处，车似雄鹰盘旋，盘旋、盘旋，方知蜀道非难。

二〇一六年八月二十一日　于塔吉克斯坦

水调歌头　花甲感怀

少小怀憧憬，弱冠别故园。关山数载飞渡，弹指花甲年。笑谈部落趣闻，惯看赤道骤雨，大漠伴孤烟。书生意气勇，蓝图染素颜。

独把樽，万籁寂，暗自参。男儿志向千里，执着为哪般？思绪寄予清风，惆怅休问大地，浩瀚碧空天。大江东流去，触目皆青山。

二〇一六年九月二十一日　于西安

贺阿联酋项目开工

阿联酋分公司从2010年50栋别墅完成后一直没有承接到新项目，公司举步维艰。这次承接两个项目可谓枯木逢春，又开始起步，赋诗一首：

炎暑转凉意，枯枝吐嫩芽。
几载能量蓄，一朝逢时发。
何惧经风雨，屹立迎飞沙。
汗水辛呵护，苗壮必挺拔。

二〇一六年十月十一日　于阿联酋

骆驼训练

随着社会的发展进步，沙漠中的骆驼已经从运载工具变为供人们娱乐的项目。在阿联酋每年要定期举办骆驼比赛，人们为了取得好的成绩，要对骆驼进行训练，看此景，赋诗一首：

大漠酷暑天，骆群步蹒跚。
并非跋涉人，赛驼乃景观。

二〇一六年十二月　于阿联酋

看朋友发西安雪景有感

中东骄阳似火烧，西安雪舞银絮飘。
老天何不匀少许，送与海湾慰寂寥。

二〇一六年十一月二十二日　于阿联酋

检查巴基斯坦公路项目

丝路号角扬征帆，跋山涉水南亚边。
荒漠酷暑汗洒地，水急隘深胆向天。
匪猖路险何所惧，语异境非不畏难。
待到天堑变通途，中巴朋友共庆欢。

二〇一六年十一月十一日　于伊斯兰堡

我在中间

日出在东边，日落在西边，我在中间。观旭日磅礴，赏夕阳灿烂；

天空在上边，大地在下边，我在中间。看雷电风雨，经四季变换；

大路在前边，脚印在后边，我在中间。盼前程似锦，叹步履蹒跚。

世界在外边，心灵在里边，我在中间。历人生征程，塑精神登攀。

在中间，日复一日，年复一年；时光荏苒，功不唐捐。

一切的一切都随风飘去，明天依然是一轮红日，彩霞满天。

二〇一六年十一月九日　于阿联酋

读《鹰的重生》

四十喙老钝又弯，羽臃体笨叹蓝天。

拔毛啄岩痛心历，鹰击长空再卅年。

二〇一六年十二月三日　于阿联酋

感 叹

忙碌似车轮，疲累如爬山。
乱杂麻丝絮，喜欣显倪端。

二〇一六年八月二十一日 于西安

城墙逛灯展

一盏一盏熠熠闪，百态千姿斗奇妍。
东风夜放花千树，疑是银河落长安。

二〇一七年二月十日 于西安

游大明宫

大明宫中庆大明，丹凤门口舞丹凤。
春回大地祥瑞降，长安重现盛唐景。

二〇一七年二月十二日　于西安

观雪有感三首

初春瑞雪飘，大地展怀抱。
万物喜滋润，桑麻丰年兆。

公园雪纷纷，爷爷携外孙，
曲径行人少，雨水湿衫襟。

雨水送雪走，半道雪复还。
留恋古城景，滋润三秦田。

二〇一七年二月二十一日　于西安

情人节随笔

网上微信纷纷，都在谈论情人。

不知此节何故，撩动多少凡心。

二〇一七年二月十四日　于西安

看新闻“中国模式”有感

舞龙挂灯放鞭炮，四海同庆新春到。

华夏文化渊源长，环宇之内皆仿效。

二〇一七年一月二十七日　于西安

立　春

大地生暖意，东风驱严寒。

万物始复苏，枝梢露翠尖。

人勤唤天早，冰化催耕田。

放眼渭水岸，满目春盎然。

二〇一七年二月三日　于西安

雨　　水

东风送雪去，雨水伴雁回。
春花初绽放，柳枝吐新翠。
万物俱复苏，百鸟林中会。
晨曦曲径洒，游人喜徘徊。

二〇一七年二月十九日　于西安

参观西柏坡

三战乾坤定，当惊世界殊。
求索社稷磐，两务谆肺腑。

注：三战，即辽沈战役、平津战役和淮海战役；两务——毛泽东提出的“两个务必”，即“务必保持谦虚谨慎，不骄不躁的作风”“务必保持艰苦奋斗的作风”。

二〇一七年二月十三日　于石家庄

与石家庄朋友相聚

燕赵把盏欢，犹如伯仲间。
更尽一杯酒，何时聚长安。

二〇一七年二月十三日　于石家庄

阳 台 新 赋

屋隅新书阁，晨曦透框亮。
提笔涂绚素，开卷赏华章。
静闻雀喃呢，拨弄宫羽商。
清风羡雅趣，几番掀帘窗。

二〇一七年二月二十六日　于西安

游览平遥古城

漫步龟背八卦中，穿越时空到明清。
房廊轮奂檐角翘，街巷古朴石板平。
钱庄票号驿站密，镖局衙门店铺涌。
四墙六门宫阙旧，百年郡貌看此景。

二〇一七年三月六日　于山西

参观山西王家大院

绵山有豪宅，始于元明清。
方圆四百亩，仙阁楼阙亭。
雕琢石砖木，艺巧天宫惊。
华夏多商贾，风骚数晋雄。

二〇一七年三月六日　于山西

参观洪洞大槐树祭祖园

明皇发圣旨，挥泪大迁徙。
九州又四海，洪洞槐树祭。

二〇一七年三月六日　于山西

游礼泉万亩杏林园

九嵕山陂雪片片，蕊红瓣白惹人怜。
昨夜东风杏花雨，吹开渭北春满园。

二〇一七年三月二十日　于咸阳

清明有感二首

其一

四月逢清明，扫墓又踏青。
习俗数千年，家家祭祖宗。

其二

习俗几千载，扫墓又踏青。
几人深思虑，缘何祭祖宗？

二〇一七年四月四日　于咸阳

木兰花　汉中看油菜花

人间芳菲四月天，桃红杏白斗奇妍。春深忽见满目黄，万岭千坡竞烂漫。

东风吹开金满山，春华秋实物自然。花开花落勿悲喜，山坡屋前随遇安。

二〇一七年四月五日　于汉中

贺妻生日

农历三月十八日是吾妻生日，祝夫人生日快乐！

刘府一枝花，弱冠到年家。
未觉时光走，弹指迎花甲。

二〇一七年四月十四日　于西安

受聘兼职教授有感

终南山陂翠，太乙泉水清。
书院倚竹林，晨读闻鸟声。
久慕南学府，花甲入此中。
三尺讲台惧，忐忑伴后生。

二〇一七年四月二十日　于西安

清晨雨中

春深细雨飘，东风摧花凋。
落红曲径洒，随波窅然了。

二〇一七年四月二十九日　于西安

同学相逢

清晨，春雨绵绵。在古城咸阳与分别45年的同学一起游览儿时居住的地方，遂有感而发。

晨雨结伴旧貌寻，儿时井台不复存。
村头老树失踪影，道旁嫩枝满目新。
少小趣事留心底，素颜欢语话当今。
天各一方几十载，春风依旧拂故人。

二〇一七年五月三日　于咸阳

诗朗诵——中学的你我（1972级3班）

五月的鲜花开遍渭北田野，和煦的春风传来百鸟欢唱。古城咸阳的渭水河畔，走来了昔日的好友同窗。一个个似曾相识的身影，一张张陌生又熟悉的脸庞。是谁？是谁？是谁？思绪将我们带回1969年秋天的时光。

一群豆蔻年华少男少女，从不同的地方来到咸阳二中，相聚在1972级3班的课堂。从此开始了五年的同窗相处，一起学习、玩耍、成长。张碧莲老师筑起我们的班魂，那就是“永争第一，我班最强”。从数学竞赛到体育盛会，从文艺汇演到校办工厂。处处看见1972级3班的身影，场场有其他班级羡慕的眼光。在这里我们学到了知识，在这里我们填充了营养，在这里我们学会了做人，在这里我们树立了理想；在这里我们度过了一段终生难忘的、美好的少年时光。

1974年的春天，我们赶上了一个名词“知青”，上山下乡到了祖国最贫穷的地方。在那里看到中国社会最底层的原貌；在那里度过了一段难以忘怀的艰难时光；在那里亲历了五谷的春耕秋收；在那里锤炼了意志，学会了坚强。我们把汗水和泪水洒在这片土地，我们的青春在磨难中绚丽绽放。

随着“东南风”吹遍神州大地，离开农村奔赴不同的战场。无论是在保家卫国的边防哨卡，还是在教书育人的高大殿堂；无论是在广袤的田野大地，还是在日夜繁忙的工地厂房；无论是在服务百姓的政府机构，还是在人流穿梭的店铺商场。我们的足迹遍布大江南北，我们的汗水挥洒五洲四洋。我们为社会发展辛勤耕耘，我们也曾是祖国建设的栋梁。我们为能在这样一个集体自豪，我们也在为这个集体增光。

从初中到高中的五年时间，现在能记起的有七十三位同窗。参加今天聚会的只是部分同学，有的因为家庭和工作不能前往。令人遗憾的还有几位同学失联，永远不能与大家互诉衷肠。

斗转星移，四十五年弹指而过，我们已到花甲之年，步入了退休的一行。昨天的一切都随风远去，功名利禄不再是驱动的力量。家庭是停泊安歇的港湾，老伴是相互搀扶的拐杖。承欢膝下，尽享天伦之乐；琴棋书画，闲暇陶冶情操。公园的小路清晨呼唤，广场的舞曲傍晚奏响。让我们忘却烦恼，胸怀像宽广的大海，让我们拥抱快乐心情，像沐浴在这五月里的阳光。

今天我们欢聚一堂，追忆往昔，畅叙友情；今天我们欢聚一堂，共祝快乐，幸福健康。素颜映白发，青山伴夕阳。让我们恬静安然，且行且珍惜，去迎接每天初升的太阳。

二〇一七年五月四日　于咸阳

满江红　欢聚

为中学同学分别四十五年后聚会而作。

春深相聚，渭水畔、思绪波澜。忆往昔，豆蔻年华，嬉戏校园。学海书山苦求索，踌躇满志冲霄汉。历春秋、足迹遍四海，放眼看。

数十载，弹指间。岁蹉跎，鬓霜染。笑功名利禄，过眼云烟。天伦之乐透温馨，老酒几杯任云淡。夕阳照、吾辈自逍遥，山外山。

二〇一七年五月四日　于咸阳

念奴娇　看“一带一路”高峰论坛有感

四方群雄，聚神州，博弈雁栖湖畔。纵横捭阖话民生，明日知向谁边？殖民主义，枪炮经济，延续已百年。古藤老树，残阳日薄西山。

万花凋谢枝枯，红梅独绽放，春潮波澜。东风吹过昆仑顶，惊雷响彻云天。一带一路，天下大同，古道新篇著。休戚相关，环球同此冷暖。

二〇一七年五月二十八日　于西安

忆江南　青海游

青海好，高原放目观。天似穹窿飞缎锦，地如碧毡眺无沿，珠珠落玉盘。

青海赞，最赞金银滩。戈壁飞石罕人迹，英雄埋名伴孤烟，两弹惊破天。

青海美，三江水源头。姹紫嫣红高原蓝，少女挥鞭牛羊走，人在画中游。

注：两弹，原子弹和氢弹。

二〇一七年七月十七日　于青海旅游途中

满江红　八一

纪念中国人民解放军建军九十周年。

横空出世，天地惊、南昌城头。举钢枪，试问大地，谁主沉浮。三湾改编祛旧俗，古田问道换新骨。倚北斗、人民子弟兵，势无阻。

九十载，岁月稠。驱敌寇，摧腐朽。斗魑魅魍魉，长城铁筑。凤凰涅槃获重生，大漠亮剑赛猛虎。看今朝、巨龙腾四海，世界殊。

二〇一七年八月一日　于西安

观朱日和阅兵

大漠起狂飙，沙场夏点兵。
铠甲映骄阳，旌旗卷东风。
扬眉亮利剑，挥戈慑鬼雄。
保驾与护航，看我子弟勇。

二〇一七年八月一日　于西安

母亲节有感

时逢母亲节，人皆赞娘亲。
长兄赋诗忆，八雁思慈恩。
永别三十载，教诲受终身。
家风不用言，兄妹骨连筋。

二〇一七年五月十三日　于西安

高温降雨

今晚是西安持续几十天高温后的第一次下雨，虽然陕北雨大，西安雨小，也给酷暑添了一些凉意，遂发感慨。

龙王巡查黄土原，步履蹒跚北到南。
榆林随意洒洒水，西安喷嚏接二三。
一场细雨驱酷暑，几缕微风爽庭院。
我劝天公勿吝啬，普降甘霖润长安。

二〇一七年七月二十七日　于西安

重游天安门广场

从1984年第一次到北京，开始走上对外经济这条路，漂泊几十年。先后工作在非洲数十个国家，如今退休，彻底结束奔波的生活，这次到北京游玩，有感而发。

别梦依稀咒逝川，燕京三十四年前。
留影广场别故土，胸怀国旗飞关山。
弱冠憧憬天外地，花甲忐忑地外天。
周游环球往昔事，红霞飘在彩云间。

二〇一七年八月十六日　于北京

公园观墨

清晨，几位古稀老人在环城公园安远门交流诗词书画，书法飘逸，图画漂亮，有感而发。

金风送暑远，城垣翰墨展。
草篆行楷隶，梅兰竹菊莲。
诗学唐宋明，画仿帛纸绢。
互赠共欣赏，红霞映青山。

二〇一七年八月二十六日　于西安

再游三晋

天高云卷舒，三晋逍遥游。
乔家大院深，晋祠松柏古。
太行精神宏，蒙山大佛矗。
汾河杏花村，沉醉在孟秋。

二〇一七年八月十八日　于太原

七　夕

念起念灭皆因缘，一缘一缘成桑田。
日光如梭时时走，且行珍惜朋友圈。

二〇一七年八月二十八日　于西安

孟秋登华山诗三首

其一

鬼斧神工天地惊，老君犁沟苍龙岭。
水墨丹青浑然就，无限风光在画中。

其二

壁立千仞西岳巅，送目放怀天地宽。
华山论剑古今事，多少英雄成云烟。

其三

云白天蓝孟秋间，笑看风光满眼帘。
莫道华山天险路，逍遥攀登丁酉年。

二〇一七年九月二十日　于西安

游咸阳古渡廊桥

古渡烟波叹旧秋，蓑翁击水独木舟。
南阳街门彩虹起，廊桥南北涌人流。

二〇一七年十月二日　于咸阳

木兰花　丁酉中秋

自古中秋话团圆，憧憬千里共婵娟。举家金风伴玉兔，庭院美酒醉酣欢。

怎奈恰逢月宫寒，雨师风伯遮玉盘。寂寞嫦娥深宫锁，未央灯火照夜天。

二〇一七年十月四日　于西安

寒　露

露从今夜起，长安秋雨绵。
霜寒天欲冷，勿忘添衣衫。

二〇一七年十月八日　于西安

游览泾阳吴家大院

安吴青训为抗战，沉寂云阳少人念。
那年花开落泾河，络绎不绝车马喧。

注：“那年花开”是指电视剧《那年花开月正圆》。

二〇一七年十月十二日　于西安

参观陕西历史博物馆

大秦一统天下安，华夏兴盛汉唐间。
一带一路狂飙起，四海五洲掀巨澜。

二〇一七年十月十六日　于西安

深秋大雾漫步咸阳河沿岸

雾色茫茫映古城，迎面三尺不相逢。
清渭楼阁烟霞隐，古渡廊桥飞云中。

二〇一七年十月二十二日　于咸阳

庆祝“十九大”召开

南湖启航近百年，木舟已成航母舰。
大海苍茫倚北斗，劈波斩浪向彼岸。

二〇一七年十月二十五日　于西安

女儿三十五岁生日诗

清秋怡盈，丹桂飘香，仙女迈出闺房。
上界眺望，人间憧憬，喜降渭水岸旁。
天养地滋，嬉戏童年，南学育苗培花。
婿优子聪，卅五芳辰，更显国色天香。
祝女儿生日快乐！

二〇一七年十月二十八日　于西安

采桑子　重阳

清秋气爽登高望，新染初霜。枫红菊黄，秋实胜似春花香。

九九相聚插茱萸，把酒欢畅。采菊东篱，一年一度重重阳。

二〇一七年十月三十日　于咸阳

立冬晨练

萧瑟林鸟少，霜重人声喧。
金轮出城隅，玉兔挂树尖。
日月相辉映，缤纷五彩斑。
人间有美景，秋深初冬天。

二〇一七年十一月七日　于西安

利比亚回忆诗四首

其一

大漠黄沙遥无际，地中海水映天蓝。
一别弹指三十载，多少往事浮眼前。

其二

骄阳似火汗渍衫，朝五晚四度经年。
三洋陪伴平常事，一年见肉二三天。

其三

蒸馏佳酿尤芬芳，逢节聊慰少思乡。
中外新朋偶把盏，增进友谊添新妆。

其四

沧海桑田时匆匆，异国一别各西东。
一朝相处一世友，网络遥祝赛青松。

二〇一七年十一月十六日　于西安

注： 1. 当地温度平常40—50摄氏度，故每天5—9点，16—19点为工作时间。“三洋”是指洋芋、洋葱、洋白菜（莲花白），是我们每天所吃的菜。为节约费用，多分伙食费，一年就吃两三次牛羊肉。2. 我们采取土法酿造白酒，逢年过节时饮用，另外也给韩国朋友一点。

小　雪

初冬寒意微，小雪悠然到。
大地浅素裹，霜花树梢俏。

二〇一七年十一月二十二日　于西安

送外孙上学

萧瑟风雨中，童叟急匆匆。
老夫肩上包，哪个是学生？

二〇一七年十月十二日　于咸阳

岭 南 访 友

岭南访故友，把盏酣畅欢。
经年匆匆过，倦鸟归巢安。
同忆漂泊苦，各叙仕途艰。
举杯互祝愿，风光无限天。

二〇一七年十一月二十五日

无　　题

金风送欢乐，九州迎国庆。
群内笑声语，憧憬华夏梦。

二〇一七年十月

冬　至

小村缕缕炊烟，谁家饺子最鲜？
把酒瑞雪丰年，长夜从今渐短。

二〇一七年十二月二十二日

观电影《芳华》有感

往昔岁月重现，苦辣酸甜相伴。
欲言怎奈无语，芳华随风逝远。

二〇一七年十二月二十四日

雪映双梅

古城飞瑞雪，蜡梅映素梅。
蜡梅寒冬妍，素梅雪中美。

二〇一八年一月四日

下雪有感

雨雪百日未谋面，古城霾重肆流感。
一朝飞雪覆大地，半日澄清三秦天。
琼花纷纷接踵至，寒冰溜溜惹路艰。
谷喜甘霖车怨滑，实在难为天上仙。

二〇一八年一月七日

戊戌立春

大寒送严冬，立春迎天暖。
红梅傲飞雪，东风唤花仙。

二〇一八年二月四日

满江红　聚会抒怀

今年是中国改革开放四十周年，也是我们重新走进学堂四十年。1977 年，我们有幸进入大学学习，亲历了波澜壮阔的改革大潮，参加了祖国的现代化建设，看到了神州面貌的巨大变化，也享受到改革开放的成果。感慨万千，借聚会填词一首：

斗转星移，四十载、弹指挥间。南风吹，春江水暖，重入校园。风华正茂鸿鹄志，书山学海蜀道难。曾记否、寒灯伴阑夜，三年半。

浪潮涌，时空变。舞台广，天地宽。吾辈恰逢时，蓝图画卷。九州大地锦容绘，五湖四海足迹遍。鬓染霜、举杯致往事，俱坦然。

二〇一八年二月二十三日　于咸阳

游览韩城司马迁祠

韩城太史司马迁，九州史圣鼻祖仙。
笔书上古往昔事，文存长河数千年。
先贤开篇记国谱，后辈络绎补编纂。
华夏历史可源溯，皆因汗青未间断。

二〇一八年二月二十四日

清明缅怀英烈

看中央电视台播送“戊戌清明全国开展祭奠英烈活动”有感。

戊戌公祭思旧国，长天落雨似诉说。
井冈斑竹湘江泪，岷山朔风沼泽恶。
恒性八秋驱污流，鏖战三冬扫残雪。
血洒沃土梅花绽，镌刻史卷勿忘却。

二〇一八年四月五日

《厉害了我的国》观后感

概　况

君不见，日出东方升冉冉，雄心鼎革步履艰。
几步跨越几世纪，沧海桑田换新颜。

跨海大桥

人皆言，三山六水一分田，从来渡洋靠大船。
数道彩虹东南海，八仙瀛洲履平川。

高　　铁

长路短，江南塞北路八千，泰山昆仑分两端。
铁马疾驰风神诧，九州山河一日观。

FAST 天眼

浩瀚天，茫茫寰宇缈无边，几重宇宙几重天？
玉帝王母灵霄宫，天眼横扫无遮拦。

航　天　器

太空渺，九大行星银河迢，天狼猎户太空遥。
神舟频繁探奥秘，天宫巡游苍穹小。

深海探测器

海洋宏，惊涛骇浪连天涌，沟壑万丈幽暗明。
蛟龙深渊探海底，龙宫珍宝为我用。

量 子 通 信

相见难，南国红豆北国恋，海角天涯万重山。
量子组网开先河，心动即可面对面。

环境治理

望山河，桃红杏白绕城郭，绿水青山蓝天阔。
琼楼玉宇入都市，桃花源中车马多。

精准扶贫

初心念，南湖井冈星火燃，百万工农齐动员。
江山红遍已多载，应使寒士皆欢颜。

人工智能

实惊叹，千条飞梭舞蹁跹，万吨装卸弹指间。
人海茫茫寻觅易，当今智能惊神仙。

天下大同

寰球明，人类命运求共赢，一带一路开征程。
龙飞九天揽日月，泽润五洲俱繁荣。

二〇一八年四月九日

水调歌头　到韶山

弱冠对锤斧，夙愿赴韶山。经年漂泊四海，花甲到湘天。几间素墙黛瓦，山陂一处独院，绿水绕房前。人杰山水秀，地灵真龙盘。

行天道，涌洪涛，是人寰。甘霖泽润苍生，初心日月鉴。纵观环球风云，追忆斯人往事，亘古史无前。经纬倚北辰，长风济云天。

二〇一八年七月五日

清平乐　观伟人雕像有感

潇湘江畔，橙绿荷红艳。橘子洲头江水漫，扑面雕塑伟岸。

风华正茂书生，指点江山从容。往昔秦皇汉武，逊色当代豪英。

二〇一八年七月六日

观孩童晨练足球

新雨绿草茵，雏鹰透颊红。
穿梭仿飞燕，戏球效蛟龙。
髫龄鸿鹄志，舞勺欲驰骋。
健身乃本意，强国吾辈雄。

二〇一八年七月十二日　于咸阳陕中院操场

西江月 六月乡间

酷热鹧鸪栖树，盛夏蝉躁鸣咽。王孙祛暑摇蒲扇，农夫挥汗田间。

俱知米黍佳美，皆晓玉液甘甜。谁思庶民锄禾难，换来五谷丰年。

二〇一八年七月十九日 于咸阳原上

西江月 骤雨

早上还是艳阳高照，暑气逼人，到中午突然狂风骤起，大雨滂薄，天气一下子变凉爽，填词一首。

骄阳似火炎炎，霎时雨聚云翻。酷凉转换一瞬间，今日何仙值班。

玉皇天河巡游，众仙起舞翩翩。龙王戏水溅下凡，喜了桑麻稻田。

二〇一八年七月二十六日

水调歌头　海外抒怀

纪念中国改革开放四十周年暨陕建开拓海外市场四十周年。

东风涌春潮，万里飞关山。鲲鹏憧憬云霄，直上九重天。大漠砥砺筋骨，雨林锤炼意志，岁月非等闲。驰骋五洲地，弹指四十年。

琼阁矗，天路通，技精湛。几代霜染鬓发，其辛犹甘甜。喜看枝繁叶茂，欣闻丝路号角，奋蹄再扬鞭。云帆济沧海，百舸逐浪欢。

二〇一八年八月十五日

初　　秋

按照大哥《初秋诗》韵和诗一首。

菡萏娇艳扮夏妆，丹桂香飘迎秋阳。
万紫千红何处去？硕果枝梢沁腑香。

二〇一八年八月十四日

满江红　戊戌中秋

玉镜高悬，青云端，银辉洒落。凭栏眺，天边流云，清秋时刻。后羿弯弓射九乌，逢蒙索药迫嫦娥。双翼生，随风向碧空，羁琼阁。

伴玉兔，度光梭；游子吟，皆离歌。叹古往今来，多少孤客。鸿蒙开辟分星座，飞船巡游绕银河。共婵娟，愿天下眷属，阖欢乐。

二〇一八年九月二十三日

首个农民丰收节

后稷始谷济苍生，春种秋收乃农耕。
绵延不绝数千载，戊戌秋分开新风。

二〇一八年九月二十二日

清平乐　大哥生日

霜天烂漫，光梭又华诞。无有王母蟠桃献，拙诗一首奉赞。

岁月如歌匆匆，填词悟道融融。登高共插茱萸，忘却春夏秋冬。

二〇一八年十月十五日

杂谈随笔

朋友说，在非洲的日子里，有两点感受特别强烈。一是夜晚非常长，二是感情特别脆弱，容易动情。细想想还是有点道理。至于夜晚是否长，我没有太多的感受。因为一般上网、写字、看电视、看书，会一直到夜里十一二点，除非心里的事情压得太多，才会睡不着，大部分时候在十二点左右就睡觉了。然而对于第二点确实有感受，看见一点小事情就会感动，流泪更是经常的情况。看电视感动，和朋友喝酒感动，看书感动，总之容易感动，容易流泪！这可能是在外的寂寞所致，也可能是长期的漂泊产生的后遗症。

人常说，不离家，不知道想家，不出国，不知道爱国。确实如此，别人不知怎么看？反正我是有这样体会的，所以也是这样认为的。我们在外，家里人希望我们平安，我们同样希望家人平安；家里人希望我们开心，我们同样希望家人开心。所以说，祝我们大家都开开心心，平平安安地过好每一天吧！

二〇一〇年九月十三日

游卢旺达国家野生动物园

早上6点起床，急忙吃完早餐，准备好相机等物品，等待车接，去卢旺达国家野生动物园进行参观游览。

卢旺达首都基加利距离国家野生动物园大约200公里，路途预计需要3个小时。我们7点10分开始出发，大约1个小时来到距首都70公里的一个淡水湖，湖的名字就叫“七十公里湖”，据说就是因为离首都70公里才这样称呼的。湖很大，水面辽阔，几条小渔船在湖中捕鱼。湖两边是坡度平缓的丘陵，一直绵延到很远的地方。

继续北行，开始进入乡村土路。卢旺达是一个内陆农业国家，沿途到处都是玉米和高粱地。恰逢高粱抽穗期，到处可以看到一片片火红的高粱穗在风中飘逸。

卢旺达虽然地方不大，但人口密度则属世界前列，沿途很多骑自行车和步行的人。加之当地民房也是使用红黏土砖砌筑，如果不是看到一个个黑色的面孔，便越发觉得这是在20世纪70年代中国。

在去往野生动物园的道路两边，包括村镇都很干净。据陪同我们的朋友讲，该国政府规定每个月最后一个周六上午，为全国打扫卫生时间，所有人都要把自己家门口的马路边打扫干净。多年来该国一直都这样做着，坚持至今。虽然现在卢旺达国家经济还比较落后，但城市乡村的面貌比很多其他非洲国家干净漂亮得多。

经过近 3 个小时，终于到达公园北门。因为公园从北到南两三百公里，开车要五六个小时，从北门进，从南门出，可以避免走重复的道路，节约时间。

刚到公园大门（没有大门，只有一个门洞）附近，就看到了远方成群吃草的斑马。以前都是在电视上看，第一次在野外见到，虽然较远，还是非常激动。

继续前行，转过弯，一群羚羊映入眼帘。在前方的路和路边有几十头之多，好像在专程迎接我们这些来自遥远东方的朋友。我赶紧拿起相机，按下快门，咔嚓，咔嚓，几张照片完成了。

车继续前行，视野开阔了很多，非洲草原的景象呈现在眼前，这和我这几年一直在喀麦隆所见到的热带雨林地区完全不同。眼前是一片很大的丘陵草地，一眼望不到边。离马路较远的地方，有野牛群、斑马群和一种被称为“四不像”的麋鹿群。由于较远，相机照出的效果不是很好。

野生动物园很大，为了防止游客迷路，在园中立有二十几个道路指示桩。我们沿着它所指道路一直前行，准备中午时间赶到 13 号桩附近的鳄鱼湖。正如朋友说，整个公园实际在卢旺达和坦桑尼亚两国交界处，互相伸延很多。

到达鳄鱼湖，看到的是一个浅窄的港湾。整个公园中有几个较大的湖泊，这里的水资源丰富，才使得各种各样的动物得以生存，鳄鱼、河马等都到这里繁衍。为防止被鳄鱼袭击，我们和其他三辆车的外国游客都站在离岸边几十米的地方观察，即使这样，仍可以清晰地看到水中的鳄鱼。

在这里，我们吃了干粮，喝了水，大家又“方便”后，开始向南门出发。13号桩是公园的中间，到南门还要走很长距离，需要较长的时间。在去往南门的路途中，据说经常有大象出没，如果运气好的话，可以看到。带着希望，睁大双眼，前行了近三个小时，只看到路两边的几摊大象粪便，多少有些遗憾。

这一路虽然未见到大象，但在道路两旁却不时地见到羚羊、斑马、野牛、猕猴、野猪、狒狒、猩猩等动物，从马路上穿过，也看到一些颜色非常艳丽的不知名的小鸟和大鸟。

下午3点，我们到了南门。在这里进行了短暂的休整，准备返回。这趟游园，虽然刺激、开心，但未见到大象和长颈鹿，多少还是有些遗憾。就在这时，公园的工作人员告诉我们，从这里下去，走向另一边，行车20分钟左右，那一片草地上有长颈鹿。我们听到后非常兴奋，马上决定改变行进路线出发。开车前行了十几分钟，下了一个大坡，拐了三个弯，啊——前方一大群野牛正在悠闲地吃草和过马路。头牛带领部分牛已经过了小路，后面的牛还在道路的另一边。仔细观察牛群，分工明确，管理有序。有站岗放哨的，有领头垫后的，也有在队中间行走的，像一支训练有素的部队。野牛个子很大，有的重达几百斤，一般的小轿车，它用犄角可以轻松地掀翻。为避免被野牛群袭击，我们急忙把车后退了约50米。等了一会儿，本以为牛群过去，当车开到眼前，发现牛群过路还没有结束，有一头公牛在放哨，看见我们，把牛眼睁得很大，似乎准备着攻击我们。没有办法，只好再次后退，一直反复了三次，持续大约30分钟，终于过了这片野牛群地。往前看发现，远处那边还有不少的牛在吃草和休息。哈哈，赶紧跑。

正在前行时，突然大家一下子激动起来，在前方出现了长颈鹿。哦！一头，两头，三头，真高大，真好看。我赶紧取出相机进行照相。然后又下车以长颈鹿为背景，留下了在非洲草原上珍贵的与长颈鹿合影的照片。

随着时间流逝，太阳快要落山了，我们依依不舍地离开长颈鹿向园外出行。在这时，突然又看到离我们很近的一群斑马，比上午看到的更清晰。有两只斑马好似一对夫妻在耳鬓厮磨，在它们的旁边还有一群羚羊在悠闲地吃草。下午这一个小时看到的，几乎包括了一天其他时间看到的所有野生动物种类，太高兴了，太兴奋了，太值了。圆了我想参观非洲野生动物园这个梦，特别是看了原以为今天看不到的长颈鹿，确实太高兴了。

下午 4 点，带着兴奋、带着欣喜、带着难舍，离开了卢旺达国家野生动物园。再见了！期待着下一次故地重游。

二〇一一年六月十三日　于卢旺达

记忆里儿时的家乡

小时候，站在家乡眺望远方；长大后，站在远方思念家乡。

我的家在陕西省咸阳市城北离老城区北门口约 2 里路的地方，听老人说城门未拆时，出了城全是我们村的地，是典型的城乡接合部，一抬脚就可以进城。当时村周边是一块块田地，一垄垄庄稼。春天麦子返青，一片碧绿；秋天开镰收割，四野金黄。秋种苞谷，冬季收藏，始终延续着几千年的农耕模式，享受着虽苦犹乐的田园风光。

我们村名叫杜家堡。至于为什么叫杜家堡，我没有考证，可能是姓杜的他们家最早逃荒到这里落脚吧。实际村上姓杜的只有一户，兄弟三个，老二在外当兵，老大和老三在村里当农民，家里人员也就十几个人，在我们村算是小姓。其他姓则比较杂，有张、刘、山、胡、赵、年、郭、姚、邓、魏、解、牛、孙、邹、路等十几个姓氏。那时村里约有一百多户，将近千人。最大的是山姓约占 25%，这个姓比较少见，我在外边工作几十年，走南闯北，在其他地方也没有见过。排在山姓后的是刘姓和胡姓，约占 30%，张姓、年姓和赵姓加起来也有 30%，其他姓氏加起来最多也就 15%。看来杜家堡离城这么近，当初应该就是一个收留来自外地逃荒者的栖息场所。

我们村在渭北原上的崖畔下，和毕塬路北边的很多村庄一样都是沿着崖边东西走向布置的。大部分农家的庄基都是两间半宽，家家院都是面南背北的窑洞和窑洞前面几间单坡房。门外是一条东西向的道路，沿着地貌蜿蜒起伏自然延伸。路南边是田地和砖瓦窑，还有一条沟壕通到约 1 里外公路的南边。那里是一些单位和学校，也是后来征用我们村的地建造的。

在村中的西半边有一个庙，不知叫什么名字，也不知道敬的是什么神。只记得下雨天不下地干活时，大人们在庙里闲谈、下棋、打扑克，小孩在一旁玩耍。庙外有一个碾子，和大多数北方农村一样，每天黎明村里人就开始排队碾玉米糁，边推碾子边聊天。在当时，这是农民加工玉米、小米等农作物的主要方式。在庙的东边不远有一口井，整个村西半边大约四五十户人家都靠这口井的水生活。中间和东边还有两眼井，主要解决村中间和东边几十户人家的吃水问题。在村中间有一株数十丈高的皂角树，树干很粗，两三个人都搂不过来。树像一个硕大的雨伞，经常有人在树下避雨。在大多是槐树、椿树的村子里异常醒目。

当时的条件比较落后，在农村没有钱购买肥皂和洗衣粉，一年四季都在井台边用这棵皂角树的皂角洗衣服。特别是夏天，大媳妇、小姑娘、老大妈两两为伴，三五成群，在大树的阴凉下一边洗着衣服，一边拉着家常，倒也其乐融融。

大树的东边是一个小场，场的东边是生产队队部，队部的院子里有一间大房是生产队开会的会议室，在那个运动不断的年代这里是使用频率极高的地方，经常晚上都在开会。面粉厂和队部挨在一起，电动磨面机常年开动为村民加工面粉，在逢年过节时还经常排队加班。再向东过了马路就是饲养室，生产队的几十头牲畜都在那里。因为那里有热炕，非常暖和，每到冬天农闲时候大家都愿意在饲养室玩耍聊天，谈谈古今中外，扯扯邻里趣事，在那个通信不发达的年代，这里成了大家交换信息的主要场所。

挨着饲养室是粉坊。我们村的粉坊供应周边几个村的粉条，常常有人用玉米、红薯来换粉条，尤其是年关将至时，拉架子车来换粉条的人更是络绎不绝，常常要排很长的队。这里留给我印象很深的是吃二粉（一种做粉条的下脚料），队里经常会分一些二粉。在那个吃不饱饭的年代，谁不想额外吃上一点东西，何况它的味道还很不错，至今叫人留恋。

我们村的土地南北长大约 4 里，都在崖畔上。在中间有一条防洪渠把它们分开，还有一条东西走向的战壕，是 1949 年 4 月解放军在这里阻击敌人攻打西安时挖的。

西边的地方叫西边台，和邻村王家沟相连。在他的北边有一个大的坟墓叫尖冢，不知道是哪个朝代谁的坟墓。在防洪渠北边与尖冢对应的也有两个大冢，我们称为双冢，同样也不知道是哪个朝代谁的坟墓。从双冢向东一二里远，北接李家寨，东连张家堡的地边还有两个大冢，我们称为“东大冢”，也是无名大冢，详细情况一无所知。

小时候就听老人教孩子们的儿歌说：“上海的楼，西安的塔，比不上咸阳的冢疙瘩。”像这样的大冢，在渭北原上数不胜数，比比皆是，有商周的、秦汉的，还有隋唐的，大小不等，星罗棋布，历经数千年的风雨洗刷，残垣仍自依然耸立，用它特有的方式诠释这片古老土地的厚重和沧桑。

在防洪渠的南边是一个十几亩地的苹果园，有“国光”“黄元帅”等品种，还有一种叫“五月鲜”，是最早成熟的苹果。春天苹果花盛开，红的、白的、粉的、美不胜收，秋天硕果累累，香飘四野，这在当时方圆几十里也是非常有名的。

经过几十年的变迁，城市向北扩展了数公里，土地像被蚕食的桑叶，十年前村中已没有了耕地。周围已是高楼耸立，街道纵横，仅剩下两百余户似农非农的村民和参差不齐的窑洞、房屋还在坚守着心中这块圣土。最近这里将要全部拆除，住户们已经在 28 日前，陆续离开了老几辈居住的房院窑洞到外边租房过渡，等待新的高楼大厦完成后再回迁回来，这里的面貌要彻底改变了。

斗转星移，沧海桑田，四五十年过去了，儿时的家乡留在脑海里也只是残缺不全的记忆碎片。现在的村子被西到新兴北路，南到毕塬路，东到迎宾大道和北到文林路包围在中间，只剩余那些翻修后的窑洞和家家几乎连在一起的四五层楼房，不过也已是人去楼空，面目全非，很快也将不复存在了。

城中村改造是国家城镇化进程中的一个阶段和过程。拆除了陈旧、参差不齐、高低不一、杂乱不堪的平房和窑洞，改住到几十层的高楼大厦，应该说是社会进步、国家发展的必然趋势，是一件利国利民的好事情。然而真正到要离开时，还是有不少人依依不舍，毕竟生活了多少年，对这片土地产生了深厚的情感！就连我多年在外工作很少回家居住的人，听到村子要拆掉的消息也难免唏嘘不已，在心底莫名产生出一种没有家的伤感。儿时家乡的情景一下子出现在脑海中，那时的田地、原野、荒坡、沟坎、村庄历历浮现在眼前。

时代在变，家乡也在变，留在记忆中的点点滴滴也将逐渐消失，但心灵深处对家乡的眷恋却永远不会抹去。她寄托着我对童年的怀念，是扬帆远航放飞理想初始的地方，是生命中最纯真的一段时光。“逝者如斯夫，不舍昼夜。”趁着还记着儿时的家乡的样子，写下来给自己以思念，也给我们的孩子留一点故乡过去的容颜 。

二〇一二年八月　于喀麦隆雅温得

随　　笔

连续几天终于看完了电视剧《知青》，心中五味俱杂，当年的情景一直浮现在眼前，久久不能挥去。

数以千万的青年在这场运动中磨砺、拼搏、挣扎，并逐渐长大。

这是一个难以言表的年代，刻骨铭心的记忆，难以忘却的回忆，永远，永远!!

二〇一二年八月十八日

“陕西二套”在喀麦隆录制的新年贺词

2013雁塔祈福，钟鸣五洲。大家好！我们是来自陕西建工集团总公司（华山国际工程公司）、陕西海外投资公司、陕西农垦总公司的三秦儿女，现在在遥远的非洲工作。

人远地远家远，非洲创业异国常怀思乡意，情近爱近心近，雁塔祈福故乡荧屏送温馨。

人在千里，家在心里。

在2013年新年到来之际，我们恭祝陕西乡党们：新年快乐，心想事成，万事如意。

我们在2013年的新年愿望是“世界安定和谐，祖国繁荣强大，家乡更加美好，亲朋健康幸福。”

二〇一二年十二月七日

印巴边境奇趣的斗旗活动

印巴边境岸，斗旗显奇观。
仪仗伴歌舞，呐喊冲九天。
游客心潮涌，观众热情欢，
环球同凉热，此处已呈现。

从巴基斯坦的拉哈儿市向东走几十公里，就到了印巴两国接壤的巴扎口岸。在这里有一个非常有趣的活动，每天下午口岸降旗时，都要举行奇异的斗旗比赛。口岸两边各建造了一个半圆形的可以容纳数千人的观礼台。下午 3 点半，来自当地和国外的游客陆续向这里聚集。

从口岸到观礼台大约 3 公里，要经过近十道严格的安检，才能进入观礼区。观礼台座席分为普通，贵宾数等，中国人一般都安排在靠近降旗仪式最近的贵宾座位，可以近距离观看整个仪式。

降旗仪式从下午 4 点半开始，首先是身穿军队礼服的单个人进行表演，然后是仪仗队集体表演。观礼台上座满了人群，边看舞蹈表演边高呼口号。这边是伊斯兰音乐，那边是印度音乐。双方歌声此起彼伏，互相呐喊绵延不断，都在为自己的国家和民族争气斗勇。热闹非凡的仪式大约持续 1 个小时，在观众的呐喊和笑声中结束。

据说这是世界上在边境口岸举行这种仪式的唯一地方，两国把此活动搞成了一种旅游观光形式，吸引了大量本国和外国人前来观赏，确实是一大发明，是一种有趣奇异的景观。值得参观，值得赞赏。

二〇一六年十一月十五日　于巴基斯坦

后　记

伯言，原名年存仁，1953 年出生，陕西咸阳人。1972 年参加工作，在中铁建工集团设计院（原建厂局设计院）工作。先后从事司机、勘测队副队长、勘测设计院多经办主任、中铁建工集团北京房管处副处长等多项工作，现已退休。

作者从小喜欢唐诗宋词和传统文化，闲暇时间，精力几乎都用在读书和学习上。兴趣广泛，涉猎庞杂，现代书籍、古代经典，历史、哲学、诗词、政治、经济，儒释道均有涉及，近似痴迷。间或有笔耕，也主要是诗词创作，其诗词曾多次在中铁建工集团刊物上发表。

仲言，原名年存义，1956 年出生，陕西咸阳人。与年存仁为亲兄弟。返乡后表现优秀，18 岁便在农村加入中国共产党，曾担任大队党支部副书记。1977 年参加工作，开始在陕建十一公司，后上调到陕建集团总公司（华山国际工程公司），从事海外国际工程承包工作，先后去过亚洲、非洲、欧洲等多个国家，在国外长驻几十年。历任施工员、技术员、高级工程师、副经理，驻国外公司总经理，陕西华山国际集团公司副总经理级调研员等多项职务，现已退休。

作者从小也喜欢唐诗宋词和传统文化。性格豁达，爱好广泛，喜交朋友，阅历丰富。独特的异国环境，多年的海外工作，也使他笔下的诗词，多了一些异国的风土人情和游子离家的别样感受。

二〇一八年一月二十二日作　于咸阳